王生瑞文学作品集

情缘

王生瑞 / 著

敦煌文艺出版社

图书在版编目（CIP）数据

情缘 / 王生瑞著. -- 兰州：敦煌文艺出版社，2010.9（2022.9重印）
（王生瑞文学作品集）
ISBN 978-7-5468-1773-6

Ⅰ. ①情… Ⅱ. ①王… Ⅲ. ①诗集 – 中国 – 当代 Ⅳ. ①I227

中国版本图书馆CIP数据核字（2019）第167484号

情缘
王生瑞文学作品集
王生瑞 著

责任编辑：罗如琪
封面设计：陈　珂
版式设计：如　琪

敦煌文艺出版社出版、发行
地址：（730030）兰州市城关区曹家巷1号新闻出版大厦
邮箱：dunhuangwenyi1958@163.com
0931—8159371（编辑部）
0931—8120135（发行部）

三河市嵩川印刷有限公司印刷
开本 710毫米×1020毫米　1/16　印张 26.5　插页 4　字数 400千
2020年5月第1版　2023年1月第2次印刷
印数：1 001~3 590

ISBN 978-7-5468-1773-6
定价：86.00元

如发现印装质量问题，影响阅读，请与出版社联系调换。

本书所有内容经作者同意授权，并许可使用。
未经同意，不得以任何形式复制。

2010年作者王生瑞与老伴在北京天安门广场

作者简介

王生瑞，男，1938年8月出生。甘肃省武威市双城镇人，毕业于西北师范大学。高级经济师，兰州市作家协会会员，甘肃省作家协会会员，中国文艺家联合会副主席。

参加工作以来，曾在中共甘肃省委宣传部任干事，省"五七"干校当教员，甘肃省政府任干事，省财政厅政研室主任，办公室主任。又参与创办甘肃省经济管理干部学院、甘肃行政学院的工作，历任省经管学院党委委员、副院长，省行政学院党委书记、副院长等职。两次当选为甘肃省党代会代表，省政协第八届委员。结合实际工作需要，主持编写或单独完成并出版了《开发大西北的财政战略》《中国现代化概论》《中国的经济体制改革》《甘肃财税志》等专著。还在全国及地方报刊上发表了《经济效果与经济调整》《市场机制与转换企业经营机制》《造就现代企业家队伍》等数十篇文章，其中一些专著和文章曾获省部级奖励。

1998年以来，在调查研究的基础上，为西部开发、甘肃振兴，提出十几件提案，立案并为提高有关方面的工作发挥了一定作用。又于2005年至2015年连续出版了长篇叙事抒情诗《情缘》《天良》，长篇小说《天马之乡传奇》《旅游记》。上述作品中的一些诗词曾被一些书刊广为转载，并获中国诗书画出版社，瑞典皇家艺术学院等学会、协会的奖励。《有话要说》《文论集萃》是最近完成的两部专著。同时，自参加工作以来，始终秉持全心全意为人民服务的宗旨，努力发挥共产党员的先锋模范作用，努力用先进生产力、先进的思想文化和反映人民大众的根本利益要求自己，不论何时何地，担任什么职务，都以实现绝大多数人民的根本利益为出发点和归宿，做到了鞠躬尽瘁，问心无愧。

编者的话

《王生瑞文学作品集》共六卷七册,内容丰富,形式多样,容量大,思想性、艺术性、可读性强,为精神文明的建设提供了正能量。

文集有丰富的内容,广涉自然、社会、人生的各个方面,从一定意义上讲,记录了社会主义革命、现代化建设、改革开放的伟大实践,再现了时代风貌,人生感悟。讴歌了对祖国、对人民,包括壮丽山河、灿烂文化、悠久历史的热爱,颂扬了英雄先烈、辛勤劳动,回味了人生经历、理想信念、事业成就、价值追求,事事处处以物寓情、以情感人,催人泪下,使人奋进,难能可贵。

文集形式多样,有诗歌,有小说,有散文,有文论。就诗词而言,有格律诗,自由诗,有四字句、五字句、六字句、七字句、八字句、长短句等等,通过多种形式再现了社会生活,表达了作者的思想感情,易懂、易记、易诵,惟妙惟肖,印象深刻。

文如其人,作品集是作者人品的诗化。作者亲身参加了社会主义革命,现代化建设,改革开放实践,丰富了阅历,树立了牢固的共产主义理想信念和公仆意识,以及科学的价值观和人生观,高度的政治思想素质,强烈的社会责任观念,形成了科学的观察力、分析力、认识能力,能从祖国、人民、党的领导和人生观、价值观的高度,去认识、去反应、去概括、去凝聚,可以说,文集是作者人品的文字化、形象化,是作者政治思想品行的结晶。

《王生瑞文学作品集》有较强的艺术感染力。作者在事业巅峰时刻,突患重病,做过几次大手术,处在生与死的临界。若不失去,何解珍贵,将要永别,感慨万千。在生死关头,对人生,对人情冷暖,对人性人情,有更深刻的观察和体会。在丰富的社会实践和生活基础上，作者感悟了人生，升华了精神境界和思想境界，并把人事风物形象化、具体化、典型化、大众化，艺术的再现了人的本质。从灵魂深处，精神境界的高度，抒发了以人为本，关心人，爱护人，尊重人的高贵品质，有益于和谐社会建设。

  文集产生于作者晚年。老牛自知夕阳短，不用扬鞭自奋蹄，作者在与衰老和病痛的顽强抗争中，情感激动，思想的火花格外晶亮，都反映在作品上。诸如：夕阳无限好，只是近黄昏，黄昏亦有美，不必太伤神；夕阳好比酒，愈陈愈清醇，莫要酗且醉，却要仔细品……使人生形象化、具体化，使作品力透纸背，沁人心肺，感人至深。

  文集涉及长过程，广领域，多角度，有广度，有高度，有深度，且分量大，对艺术欣赏、启迪智慧、感悟人生、丰富精神生活、提高品行修养是有益的，是丰富的精神食粮，我们将这套凝聚着老人一生心血的文学作品出版，正是践行社会主义核心价值观、增强文化自觉和文化自信的具体体现。

序言

陈宗立

《情缘》是一部以叙事与抒情为主要形式和特点的作品,一切缘于情,自始至终贯穿着情感,渗透着作者的喜怒哀乐。

作品内容丰富,广涉人生的各个方面。从自然环境到社会的各个角落,包括自己的生活经历、亲情、事业、对信仰和理想的追求以及锦绣壮丽的祖国山河,灿烂的文化,悠久的历史,令人钦敬的圣人贤哲,可歌可泣的先烈、英雄,伟大的人民,艰辛的劳动,婚姻爱情,世事感慨,无不在心弦上弹奏。

作者写作此书的冲动产生于自己的特殊时期——在他自己如日中天的人生巅峰,事业蒸蒸日上,突然身患绝症。突如其来的灾祸,从天而降的不幸,使他遭受重挫,情绪激荡,感触至深。一生一世俱在此时此刻,一生的人事经历突显眼前,所经所受,历历在目,浮想联翩。常来常往的亲朋、同事,顿觉难以割舍;一草一木顿时显得那么可爱;司空见惯的物品,竟然活灵活现。将要永别,弥足珍贵。如此生死关头,无不感慨万千,千言万语涌上心头,那情那意,若山泉喷涌,如溪水流淌。

作品充分反映丰富多彩的社会生活,多方面追求真善美,追求幸福的生活、追求纯洁神圣的爱情、文明道德的社会风气、诚实守信的为人准则,团结和谐的人际关系、清正廉洁的党风政风,甚至天真的儿童生活,均广泛涉及。

作品竭力追求生活的幸福美好。

作品的另一个显著特点是贴近人民。在《主人颂》里，从兄弟姐妹、爱人到普通校友的角度，以满腔的热情、可亲可敬的口吻，歌颂了工人、农民、牧民、知识分子、解放军战士，读来形象具体，生动亲切。

作者走过了少年、青年、壮年和老年的人生历程，初尝了旧中国的贫穷落后，亲历了建国以来的建设事业，从事了火热的改革实践。作品所涉及的内容从学校到机关，从农村到城市，从广阔的田间到工地、矿山，由省内省外到国内国外……从较长的时间跨度、较大的空间范围、不同的领域，多个角度反映生活，从而构筑了作品丰富的内容和深刻的内涵。

全书既有连贯性、完整性，又单独成篇，具有相对的独立性，不会因不读前者便不懂后者。可因时因地因条件而宜，可通读全书，亦可顺手拈来，翻阅某篇某首。

本书的最后一点是感情浓厚。其中篇幅或长或短、或雅或俗、或粗或细、或凡或奇，都源于作者的亲身经历和感受。作为叙事抒情的一种形式，仍有待探索切磋，充实完善，提炼升华。这是所有艺术形式都必须应有的过程，然而就真情实感而言，是所有成功之作都共有的。对于该书来说，这也许是它的生命力所在。

二〇一九年十二月

目录
MU LU

脾　气	1
九死一生	4
生命诚可贵	13
母子情深	32
启蒙者	42
爱　情	47
祁大山与马翠莲	74
豪　情	92
公仆情	106
伴侣情	120
人生悟	165
生活爱	172
人间情	195
天地情	211
朋友情	223
枝叶情	231
舐犊情	251
主人颂	268
祖　国	277
乡　情	290
心　情	300
疼　爱	309
大　地	312
劝　学	320

闲　　情	325
美国行	331
欧盟忆	338
感觉低地国家	340
游德国	348
音乐之邦	355
意大利	361
赞艾菲尔铁塔	369
园丁情	371

拟古体诗歌

曹瞎弦	389
劳　　模	392
模　　特	392
华　　诞	393
选　　秀	393
热心人	394
佳人泪	395
三娘哭坟	398
天地人	401
中国结	402
断奶赞	403
坦　　荡	403
答　　诗	404
骨　　气	405
人　　气	405
诚　　信	406
退休的日子	407
夕　　阳	408
笔　　耕	409

脾　气

父母给了我生命
也就给了我脾气

不义之财莫贪
自己养活自己
宁做穷的好人
不做富的坏人
祖宗遗训
强化了我的脾气

有理走遍天下
无理寸步难行
分外的饭可吃
伤天害理的事不做
淳朴的乡风民俗
耳濡目染了我的脾气

学好做人才会做事
端正了人品
才能习好学问
黑白不能颠倒
青红皂白怎能混淆

启蒙老师的教诲
训导了我的脾气

仁义礼智信的传统
真善美的标准
勤劳勇敢智慧的品德
己所不欲勿施于人
严于律己宽以待人
博大精深的中国文化
陶冶了我的脾气

共产主义的美好前景
社会主义的光辉现实
马恩列毛的四海真理
救国救民的伟大旗帜
先锋战士的光辉形象
英雄模范的闪闪事迹
又培育了我的脾气

日月星空的深邃奥妙
广袤大地的无比美丽
芳草香花的馨人气息
奉献牺牲的可贵精神
舍己救人的高尚品质
仁人贤哲的大勇大智
增强了我的脾气

硕鼠蛀虫使我义愤填膺
罪犯败类敲我的警钟

脾 气

路遇不平不能不问

事见不公于心不平
有事耐不住
有话藏不住
有气憋不住
有火便燃起
江山易改脾气难移

明知上梁不正下梁歪
深晓柱子不端倒下来
是非曲直不能含混
一言一行自作表率
个人的愚忠埋在心中
自己的甘苦咽进腹里
委曲隐痛不讲不提
劳苦伤身唯有自知

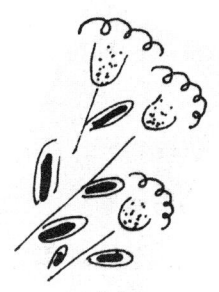

九死一生

悲　音

突如其来的凶讯
犹如平地炸雷
老伴颤巍巍手拿病历
忧心忡忡　手忙脚乱
去咨询　去确诊
虽对我依然有说有笑
却分明两眼红肿

晚霞布在西天
太阳露出半个脸
我的影子又细又长
夕阳拽得我变了原形
我似一棵歪斜的病树
将要遭遇狂风的摧折
夜幕降临
月亮被乌云遮得密不透风
在老伴悲伤的眼睛
从亲戚朋友焦急的神色
医生脸上的严肃表情
以及紧迫的治疗建议
还有我的自身感觉

断定我是患了严重疾病

这突如其来的恶魔
犹如大晴天炸雷轰顶
像黑夜里电光闪烁
刺痛了我每根神经
打乱了我的一切计划

我期望值很高
却事与愿违
我酷爱我的事业
却好事多磨
更兼病魔降临
不得不住院治疗
真是天有不测风云
人有旦夕祸福

勇往直前看来难走
左顾右盼又似无路
凶讯确定无疑
老伴却又隐瞒实情
虽是笑在脸上
深深苦在心中
老伴啊老伴
你真是一片苦衷

我不辜负苍天
天何以降我以灾星
苍天啊苍天

怎么这般无情
如此广袤无垠
就容不下我这个人

望老家
山不高路不远
却无力返一趟故土
乡亲啊我的乡亲
不知今生今世
能否相会

我肩上正挑着重担
奔走在新的征途
组织委以重任
我怎能半途而废
辜负了组织的信任
建设现代化的高楼大厦
我怎能辜负了
他们的期望

手 术

病情危如累卵
生命恰似倒悬

医生一再告诫
手术刻不容缓

老伴一言九鼎
我被推向手术室
依依惜别
亲友们万般无奈

也可能活着出来
也可能从此永别
手术成功挥手便是再见
如果手术失败
挥手便是永别

进了手术室
举目环顾四周
分不清是男是女
个个严阵以待
满屋十几盏日光灯
形成一组大圆形
灯光相互影射
形成了无影灯

全身麻醉使我
进入云遮雾障的境界
堕入茫茫烟海
又似从悬崖峭壁
顷刻掉人万丈深渊
视觉　听觉　触觉
顿时全消
思维　情感　言语
瞬间皆停

不知过了多少时间
一阵剧痛将我疼醒
我躺的小车
正向我的病房推去

沿过道两边
站立着亲戚同事朋友
一双双焦急的眼光注视着我
一声声讯问转向医生护士
刀子割在我的身上
也痛在他们的心上
浑身到处如刀割
又好似针扎锥刺

七月的太阳
像熊熊烈火烘烤着大地
滚滚热浪
不断冲向我的病床
烘烤着每一块肌肉
刺激着每一根神经
汗水浸透了衣裳
又淋湿了床单
我紧咬牙关又攥紧双拳
苦苦支撑着
却难耐
口渴　咽下　七窍冒烟
夜晚逐渐来临
黑幕笼罩大地

烈日虽然西沉
炎热并未退去
忙碌了一天的白衣天使
紧张了几日的亲人朋友
本应该睡一个好觉
面对着我
却丝毫无法轻松
而我——
术后的危重病人
更没有丝毫的安宁

痛得睡不着
睡不着更觉疼痛
昼长夜短的夏天
可我觉得昼长夜更长
盼着天光大亮黑夜过去
可黑夜总是常在
白天迟迟不来
稍一昏睡
又被疼痛拉醒
睁眼一看
还是夜幕沉沉
生命与死神在激烈交锋
疼痛和忍耐在拼命搏斗

术后一周了
手抓紧床沿
手扶着床头　脚试着地
终于迈出了艰难的第一步

这是几天来举步维艰的第一步
这是我人生第二次学走路
没料到华甲之年
我又重复了学走路
这个婴幼儿时期就已经历的过程
却又在艰难痛苦地重复
同事一批批探望不停
朋友一个个前来问候
一束束鲜花带来关怀
一袋袋补品饱含问候
更有那有嘴的玉壶
注满了厚谊深情——
我躺着喝汤饮水又洒又呛
同志们及时给我买来玉壶
真是一片冰心在玉壶

人生最大的痛苦
莫过于失去自由
疾病夺去了我的健康
夺去了我行动的自由
夺去了我生活的自由
夺去了我工作和学习的自由
甚至夺去了我
言论和欢笑的自由
人生最可贵的莫过于自由
我珍惜重获的自由
更珍惜其中的深情厚谊

感 悟

面对死亡

我从容不迫　心境坦然

死神有什么了不起

你虽蛮横恐怖

其实外强中干

你自以为能把众生摧残

其实枉然

可怜的死神

我不怕你

你用疾病害人

用死亡的恐怖吓人

人固有一死

死亡不过长眠不醒

无非白骨入土

灵魂安息

死亡是什么

无非是

在人世上销声匿迹

生命乃蛋白质的存在方式

是新陈代谢的过程

新陈代谢停止了

生命也就中断了

万事万物皆然

人当然概莫能外

死亡有什么稀奇

世上本无我
我偶然来到人世
偶然长大长老
其间历经多少次疾病和饥饿
躲过多少天灾人祸
少年时爬树摘杏　几乎摔死
一次大病险些夭亡
三年困难时期侥幸活在人世

车祸光顾过我
工地事故也曾擦身而过
开腔剖腹的成败与否
也不过生死之间一线之隔

生死顺乎天理
只要死得有价值
活得有意义
有益于家庭
有益于社会
即便一生平凡
没有什么丰功伟绩
也要像雷锋同志那样
有一分热便发一线光
让生活更加甜蜜
使人生更为壮丽

生命诚可贵

我是龙的传人

不论驾雾腾飞驰骋

还是耕云播雨

不论深水潜伏

或涛翻浪滚

不应失去龙的风骨

我是炎黄子孙

泰山压顶怎能弯腰

洪水猛兽何所惧

沦落天涯不忘根

飞黄腾达保其姓

打断骨头连着祖宗的筋

我是中国的公民

具有无尚的光荣

作为中国人

又是何等的荣幸

怀的是救亡图存的精神

图的是繁荣富强的前景

光辉的大厦待我添砖加瓦

要无愧于中国人的荣幸

我是中国共产党的一员

肩负着神圣的使命

先烈的鲜血染红了锤子镰刀的旗帜

前辈的业绩和辉煌给了我气节和灵魂
复兴的宏图任重道远
全心全意为人民服务是应有的品行
一言一行莫失其责任

我是单位的排头兵
肩上挑着重担千斤
身负组织的信任
寄托着职工的期望
科教兴国的工程在夜以继日地进行
我必须全力以赴拼搏奋进
只有到达目的地义务
没有半途而废的权力

亲人的命运
知己的悲欢
朋友的友谊
同志的痛苦
莫不息息相通
无不心心相印
如何能辜负知音的信任

生命是何等的珍贵
属于我只有一次
对革命的本钱怎能随意处置
宝贵的生命应倍加珍惜
生活是多么的有趣
酷暑里雨中行
是多么的凉爽宜人

顶风而进

也是对大自然的体会
是生者的感受
是活人的趣味
更有那众多名山大川
无数文化古迹
万千人间春色
奥妙无穷
生活是何等的绚丽多彩

——苦难的童年
只在模糊的记忆中存在
摸索的青年时期
梦想联翩
忙碌紧张的壮年时期
无暇享受生活
面对着今天的病体重症
夕阳无限好
只是近黄昏

人生的春天早成历史
火热的夏天也已过去
萧瑟的秋风
吹凉了大气
一阵紧似一阵的北风
摧残着老枝的生机
阴云将要布满我的天空
风搅雪向我劈头盖脸袭来

一株残剩的蜡烛

快要被雪打风吹

时间不能再来

生命何能重复

一切都将过去

生活不能再体会

越是珍贵的东西

越是将失去的东西

越怕失去

越倍觉珍贵

生活总是那样美丽

自然总是充满生机

苍天将一切都安排得井然有序

社会的存在是如此协调一致

万事万物循环往复

人们的活动

又是那样安闲自在

夜晚是那样的神秘

月亮似对我微笑

繁星向我眨巴眼睛

蓝天呀

是多么湛蓝

阳光明媚

微风在轻轻地吹拂

空气是多么清新闲适

鸟儿在自由地飞翔鸣叫

鸿雁总定期北飞南归
这一切对我来说
却将要成为过去
是否正在送我离开尘世

平常时节司空见惯何曾稀奇
在厄运即将夺去我生命的时候
才愈觉珍贵
我更热爱生活
更热爱有关生活的一切
因为将离开人世
不再参与社会活动
道路桥梁上不再行走
公园草坪上不再游玩
图书馆里不能去阅读
大礼堂里不能再去开会
我难以离开它们
我无法接受永远离开它们的命运
能欣赏这些是有意识的人的幸福
失去它们便是做人的悲哀

鲜花曾给我带来春天
带露的花儿是多么美丽
我曾憧憬过露珠的晶莹
鲜花也曾给我燃烧的激情
酷热的夏风吹干了露珠
滚滚的热浪使花残色褪
更像萧瑟秋风凋谢了残花
寒冷的冬风卷走了败叶残枝

岁月的风
在脸上划下了一道道皱纹
恰似一张光盘
录下了缕缕缘分和深情

阳光雨露给我以生机
大地母亲给我以生命
恰似一粒种子的萌芽
顶开土石钻出地面
又像一只雏鸟破壳而出
几经春寒侵袭
数度狂风摧折
学那负伤的鹿羔
衔草自医侥幸活命

割不断的夫妻爱
放不下的伴侣情
偶然的机会
遇上了你也爱上了你
同舟共济度过了几十个春秋
风风雨雨中历经坎坷
肩上扛的是工作的担子
左手右手牵着小儿幼女
生活累坏了你的身子
岁月夺去了你美丽的青春
忙碌中难为你分忧解困
今日总算得到了宽余
本打算好好陪伴你
谁料想灾祸降到我的身

命运啊为什么如此多舛
不说这些话怎能离去

儿女啊
事业和婚姻大事摆在前头
遇上改革开放好时候
你们应建功立业
扼住命运的咽喉
无愧于祖国
无愧于时代

小孙子啊
我是多么喜欢你
你咿咿呀呀学说话
张口会叫爸和妈
会发爷爷奶奶这个音
又饶舌来好拗口
你终于发出这个音
爷爷我高兴得难形容
叫一声爷爷我耳朵里发痒
喊一声奶奶我浑身舒畅
爱听你小嘴唱儿歌
爱看你小脸作怪相
爷爷给你娃哈哈
为的叫你笑眯眯
给你一根金箍棒
火眼金睛学得像
人人都说隔代亲
亲身经历才悟透

出生之后就亲你
一有机会便抱你
会走之后拉着你
会跑之后追着你
草地上让你当马骑
当牛做马也乐意
肩头上面扛着你
高我一头多惬意

你说长大后开飞机
带上爷爷游天去
要能看到你长大有出息
爷的心里最甜蜜
这些话不吐不快

老父老母拉扯一场
养育之恩未及报偿
二老相继归了黄泉
留下遗憾未能补上
哥哥赚钱我买书
嫂嫂做饭缝衣裳
不为图报不为偿还
只为让我把学上
亲戚居家离校近
吃的住的帮大忙
父老乡亲殷殷鼓励
盼我望我长大出息
学下本事给家乡出力
多做好事为地方争气

我有什么不是
这个提出批评
或有什么差错
那个指出注意
人民给了我权力
又是书记又是院长
组织授了我荣誉
又是代表又是委员
职工期望着我的作为
事业等待着我的成绩
培育之恩没有报
护我之情没有还
……

人生的价值莫过于奉献
奉献的愈多价值愈大
人生的渺小莫过于索取
索取的越多价值越小
人取之于父母的甚多
奉献于父母的很少
爱莫大于母爱
痛莫甚于骨肉
乌鸦尚有反哺之举
世间灵物焉有不孝之理
亏了父老双亲终身无法弥补
悖于人伦天理何能立于社会

妻子委身于丈夫
可谓托付了终身

与妻结成婚姻
同呼吸共命运
共同顶起家庭的天
社会的细胞乃家庭
社会的繁荣系于万千夫妻的支撑
盼对对夫妻相爱如初
求户户家庭相扶终生
盼家庭的天长蓝
真情实意图个家和万事兴

子女乃人生的寄托
又是家庭的命根
关系国家的希望
承载民族的未来
精心抚养是责无旁贷的义务
致力教育乃不可推卸的责任
既然生养了他们
务必哺育长大成人
少年是嫩绿的
要倍加呵护
避免早春的寒风霜雪摧残了幼苗
孩提是幼稚的
须精心抚育
诱导其躲开混浊邪气的侵袭
茁壮成长胜于传子千金
成人成才实乃最大的希望

青年恰似一杯浓酽的茶使人清醒
又像一瓶醇香的咖啡致人兴奋

又好比一壶浓烈的酒引人热血沸腾
更像行将出厩的马驹
即刻奔向原野草地
好似扑腾欲飞的雏鹰
急欲翱翔蓝天
又像起跑线上待令的选手
时刻准备冲刺终点
更像那驾机起飞的新秀
随时遨游万里长空
生机勃勃血气方刚
充满激情
难免越轨出格
需要热情鼓励
更需指点诱导

亲戚恰如鲜藕的丝
又似骨头的筋
兄弟姐妹沾亲带故
七姑八姨千丝万缕
既然沾亲带故
就要相扶相携
爱要爱在点子上
帮要帮在关键处
一荣俱荣
一损俱损
做了坏事有损名声
建功立业个个光荣
切莫帮倒忙不要胡添乱
免得帮了皮毛伤了筋骨

一草一木生于大地
一枝一叶长于树干
粗壮的枝干发端于肥壤沃土
丰硕的果实依赖于枝繁叶茂的大树
滔滔江河源于涓涓细流滴滴雨雪

中天的太阳
给大地更多的光和热
活跃兴旺的壮年
应建功立业于单位
夏天的苗木
少开荒花多结果实

健壮的体格
要迈出坚实的步伐
精巧的双手少耍手腕
多为单位添砖加瓦

无愧于祖国
应奉献于人民
有国才有家
国富民则强
国家兴亡匹夫有责
繁荣富强个个有份

有一万个理由奉献勤劳
无丝毫的道理损公肥私

一点一滴上缴涓涓税收

勤勤恳恳服务各行各业
为繁荣富强添砖加瓦
从强大的祖国分享幸福光荣

藏书未尽览
音乐未听足
人生没品透

去过的地方想旧地重游
未去过的地方想看看新鲜
万丈高楼拔地而起
我欲居高临下
将万里河山尽收眼底
黄河又架新桥
我想来回走一走
青藏铁路正修筑
盼游雪域美景
神舟飞船上了天
想乘其太空游
综合国力迅速增长
我想看祖国更昌盛繁荣
亚运会观看不在话下
北京奥运会倒想看个究竟
更盼祖国统一
迎来海峡两岸同庆
宇宙是多么广大无垠
太空奥秘正在探索
地球是何等的神奇
几多奇妙寻觅不停

祖国是多么美丽
神州时时创造着奇迹
西部是何等辽阔
处处日新月异
蓝天青山碧水的幽境
勤劳勇敢智慧的人民
飞禽走兽嬉戏
欢蹦乱跳着生机
一座座新城冒出地面
明亮的灯光赛过天上繁星
车水马龙来往不息
嘹亮的歌声处处皆闻
人民生活多么美好
欢欢乐乐溶入其中

我曾是旧社会的弃儿
现在是堂堂新中国的公民
做了现代化的建设者
又成为共产党的一员
我们的事业是何等神圣
我们的社会是多么繁荣
现代化建设蒸蒸日上
人民的生活节节高升
建设大军的雄壮队伍
我普通一兵列在其中
共同迈着雄健的步伐
前进在田野城市和工地
亲身经历了探索的艰辛
共同分享了胜利的欢欣

东方旭日冉冉升起
现代化航船的桅杆已经树起
作为一个负伤的列兵
我的雄心壮志仍怀胸中
我虽然短肠少胃
有的是正义豪情
我虽然身患重病
却充满着胜利的信心
纵然有磨难坎坷
但勇气不减分寸
我虽然彻夜难眠
但我心神宁静
我虽然行动不便
但地球转动不停
住院养伤者是我的身份

而我们的事业则奋勇前进
我虽然卧于病床
收音机里净是喜讯
热火朝天的建设工地
如同革命年代的战场
轻伤者不下火线
牺牲者后面顶上
革命者从不软弱
建设者何曾悲观
立直腰干挺起胸脯
鼓起勇气扬起斗志
投身到改革开放的热潮中
在火热的实践中接受洗礼

洗去自私狭隘污泥浊水
燃烧掉悲观消极晦气
高举起锤子镰刀五星红旗
从胜利走向新的胜利

我担当的任务正在进行
科教兴国的大厦等待着钢材水泥
我要向省内省外筹措资金
购买急需的红砖黄瓦
施工的黄金季节稍纵即逝
抢进度保质量刻不容缓
确保按期竣工
发挥积极作用
职工盼我战胜疾病
你一言他一语为我鼓励
献鲜花深表温情
送营养长我精神
赠玉壶催我痊愈
一片诚心我何能辜负

白衣天使实行人道主义
千叮咛万嘱咐打气鼓励
救死扶伤无微不至
根本宗旨治病康复
殷切希望我全力配合
祝愿美景怎能辜负
亲人朋友护我陪我
血缘情谊千丝万缕
我身患病其心疼痛

一日不愈何心焦
早日康复其心最切
殷殷之情我如何负心

刀口是人生经历的记录
创伤乃生死搏斗的浪花
流血让我看到生死的界线
肌肤的损伤让我品尝了拼搏的艰辛
愈合的伤口使我领略了胜利的欢乐
对于弱者创伤是心灵的枷锁
对于强者疤痕是胜利的记录
生与死的搏斗
使我品尝了人生的滋味
生与死的考验
净化了灵魂
升华了生命的价值

虽然危险并不绝望
死里逃生比比皆是
振作精神战胜疾病
调动每个细胞
向疾病发起进攻
积极配合争取康复
彻夜难眠
依稀在黑夜看到了启明星
又像在若隐若现中见到了月亮
好似一缕阳光透过云缝
又如一道彩虹挂在天边

我不能只为自己而生死
因为我在与一群人同呼吸共命运
生命既属于我自己
亦属于
亲人　祖国　人民
事业需要我牺牲时
我应奋不顾身
工作需要我的健康时
我应对身体加以呵护

如今是在阴阳界上徘徊
或者在死亡线上挣扎
纵然是死神紧紧相逼
却不应失生活的勇气
强者的姿态

白衣天使抓着我毫不松手
更有亲人助阵朋友使劲
怕死不是英雄
轻生亦非好汉
屈服非我脾气
投降更不是我个性
什么长痛不如短痛
什么一了便是百了
轻生虽然是人生的一种出路
但绝不是强者的应有结局
纵然是个无奈的选择
却终究是逃遁者的悲剧
我经得起危险的考验
还要耐得住痛疼的煎熬

在死神面前我必须显出人格尊严
我必须有学者的冷静
勇士的顽强
面对死亡
我应当从容不迫
具有豁出去或大不了一死的沉着
又要有勇于胜利的信心
敢于斗争的精神意志
在生与死的考验面前
既要同病魔进行不屈不挠的拼搏
又要向懦弱和杂念进行不懈的斗争
让我的精神在纯青的炉火中升华
让意志在斗争中重铸

我终于战胜了死神
获得了第二次生命
这是医生的功勋
这是人民的赐予
我要将劫后余生的故事
告诉给
医生　亲人　祖国和人民
让他们为我高兴
好让为我提心吊胆的亲人放心
让为我捏把汗的好友松一口气
向关心我的同志说声谢谢
向远方的亲人报声平安
我要傲然屹立于人世
用新的方式作出奉献
继续让生命火花增光添色
真正无愧于祖国无愧于人民

母子情深

那是一个阴郁的秋天
一份母亲病危的急电
飞到我手上
我星夜兼程赶回家
可还是太迟
晚了　无论怎样都太晚
所有这些都延误了时间
铸成了母与子的终身遗憾
无论说什么都是白费
因为母亲已经听不见
不管我做什么都是枉然
因为母亲已感觉不到
据说母亲临终前呼唤我的名字
眼睛搜寻过我的模样
一切的一切都没有实现
连弥留之际的一点期盼都泡了汤
抱着偌大的失望离开了人世
带着一个遗憾去了黄泉

天是格外阴沉暗淡
太阳是那么的惨白无光
大地似乎冻结了一般
无精打采失去往日模样

眼前的白杨垂柳似在含悲
坟旁的溪水像在哭泣中流淌
我沉浸在一派悲痛之中
满腔的惆怅和凄楚难以排遣
我失去了伟大的母爱
这个爱伴随我几十年
这个爱无私高洁
什么爱都比不上
有她我心中实在
有她我精神安闲
我也失去了孝敬的高堂
老家的正屋已经空空荡荡
对你有话再不能倾诉
儿子的情向何处表现
有心孝敬没有对象
你的恩情再无法报答
无伤无疮却疼痛难忍
无泪无涕却哽噎咳喘
我只有把母亲的期盼
变成自己的期盼
将它寄托在儿女身上
只能把对母亲的悲痛化为力量
运用到工作和学习上
让它缓解我的隐痛和悔恨
用它排遣我的悲痛与忧伤

母亲啊母亲
今天是三月清明
风尘仆仆难认路
顶风冒土来上坟

不劳你老保佑
只报儿孙安宁

我仿佛觉得
你墓旁高高的白杨树
便是你的身影
那稀疏的树枝
似是你的胳膊
我又依稀感到
渠旁随风摆动的柳枝
像是你抚摸我的手
那湍流不息的溪水
充溢着你的一片深情
嫩嫩的庄稼
有你劳动的成分
碧绿的原野
是你喜爱的颜色风景
那轻轻的风
似是你呼吸的声息
那厚厚的黄土
便是你的床
你是否听到
潺潺流水在欢唱
可否听到
枝上的鸟儿在啁啾
是否看见牛羊在附近吃草
可曾觉得
风儿已经变暖
是否感到
地气开始回升

请你放心
新的一年一定风调雨顺

你在世时
哪里能够时时孝敬
你走了之后
也很少给你上坟
不是儿女少情无义
实乃忠孝从来难两全
山又高路又远
肩上担子沉重

孩提时期
你曾告诉我
我们的祖先
远在山西大槐树
爷爷的爷爷
背井离乡来到这里
先给人打工混光阴
后租种土地过日子
背日头下山度春夏秋冬
踩大地种庄稼创造世界
既供养财主发财致富
又抚育儿孙传宗接代
历经几世几劫
传到父母一代
仍然身无立锥之地
靠双手租田种地
辛辛苦苦一年
衣不蔽体食不果腹

我记得那一年夏末秋初

庄稼刚刚收到家里

财主骑着高头大马

赶着骡马大车来收租

将仓库挖了个底朝天

求情下话才留下种子

为的是来年能够收租

一家老小

打短工做手工度日子

大叔父串门弹棉花

三叔父给人做木工

四叔父登机织土布

父亲租地务农

婶婶们农闲时节纺棉花

农忙时节帮人家锄草打谷

儿多的娘苦

娘用一年四季

红肿的手将我们拉扯大

含泪的眼望着我们长成

温情脉脉

个个儿女都牵着你的心

丝丝缕缕的情

总是扯不尽

针针线线

这头牵着我们的身

那头拴着你的心

乳名喜娃何曾有喜

学名有福何曾见福
都是苦秧上结的苦瓜
个个苦瓜牵着苦藤

一个冰天雪地的早晨
保长甲长四五个人
有的挥舞大刀棍棒
有的拿着粗粗麻绳
绳捆索绑抓壮丁
拉我大哥去当兵
大哥岁数十二三
那里能把枪扛动
母亲——
你这个勇敢的女性
面对着凶神恶煞虎狼兵
据理力争领回了人

青黄不接六月天
缺粮断炊度日难
父老双亲吵了架
你老领我去逃荒
投亲无门
靠友无路
母子尝够了人间酸苦

世上唯有妈妈亲
再苦再难有人疼
你的脸上有希望
我的脸上有人吻
寒冷时偎着你取暖

饥饿中靠着你支撑
你是我的血液
我是你心上的肌肉

母亲
你总是那样高大伟岸
从记事起我每每将你仰看
后来我长大了
你仍占满我的心房
你又像棵大树
烈日烘烤时乘你的阴凉
大雨来浇时
在你身旁躲雨
刮大风了
背靠着你
受到凌辱欺负时
你给我信心和力量
你又像光辉的太阳
只要你在总是热乎乎暖洋洋
你又似月亮
不管路多长夜多深
都照着路让我走好
你我之间总是那么亲
批评我过错乐于接受
这就是你的模样
在我心中你就是这幅形象

我最爱看你的眼神
那么聪慧那么迷人

你笑我时是多么甜蜜
你瞪我时令人吃惊
你温柔时是那样亲切

看你生气时何等难受
当我痛哭流泪时
你也是一双饱含泪水的眼睛
我久久读不透你的眼睛
直到我做了父亲才理解你的眼神

我看过多少人的眼睛
没有见过你看我的眼神
我听过多少叫我的声音
没有一声像你叫我那么中听
我的头大人抚摸过多少次
唯有你的爱抚最温柔

我清楚地记得你讲的故事
多少年来何曾忘记
一个小孩贪玩迷了路
一只鸟儿把小孩引回了家
从此小孩有了鸟儿这个朋友

别家的孩子去上学
我也嚷着要念书
一年学费一斗粮
我家人穷读不起
你饱尝睁眼瞎的苦楚
说逃荒要饭也要让孩子读书

求情下话劝老师开恩
终于将我送进了学校门
同邻家孩子一块儿把书读

我们小时你操尽了心
长大以后仍不放心
要给儿子找媳妇
女儿要嫁好男人
我到省城去读书
你背着干粮来看问
有了孙子还照管
一丝一刻不放松
一群儿女扯碎了你善良的心

母亲的恩惠深又深
一生一世抹不净
记得清念得勤
时时刻刻想报恩
常听你讲大道理
为人处事讲情义
老人千万不能亏
亏了后悔一辈子
小孩学业不能误
误了学业误终身
亲朋邻里要友好
怎能见利忘义
扶危济困是常理
行善积德乃第一

人民利益高于一切

工作责任重于泰山
家事再大乃是小事
国事再小乃是大事
国法千万不能违犯
坑人害人绝对不干

假公济私道理不顺
以权谋私众人不容
宁可人民负于个人
万不可个人负于人民
纵然蒙混过了初一
也躲不过十五
若是违了这个理
身败名裂难为人

你老黄泉若有知
你儿未辜负你教育
吃喝嫖赌不沾边
贪污盗窃离得远
小节很干净
大节不稍亏
一心扑在工作中
功劳不多苦劳多
孙子也循这个理
不曾些微越轨迹
人世上的这一程
光明磊落胸坦荡
你的儿孙没有辜负你
你老黄泉且放心

启 蒙 者

老师我永远是你的小学生
尽管你早已离开人世
但你始终活在我心里
报名时我好奇你墙上的画像
识字后才知道那就是孔子
再后来我又知道
他是你尊崇的偶像
我进一步体会到
你实践着孔子的思想

我认识的第一个字便是"人"字
你教我们怎样写人字
你又教我们怎样做人
一头顶蓝天
两脚踩大地
永远堂堂正正

苏武留胡节不辱……
这是你教我的第一首歌
歌声激发了我的豪情
伴我走到今天

你教我们写日记

那时的说法叫写书程

虽然是小小的日记

你却仔细批改

一丝不苟

你要求我们写大楷

因为纸张缺乏

你将操场作纸

把石子当笔

教学生寻找白土做粉笔

和泥巴　打土坯

自制课桌和凳子

你教我们讲演

把你的希望寄托在我们身上

让我们把讲稿背得滚瓜烂熟

把动作重复一遍又一遍

如何声情并茂

抑扬顿挫

你千叮咛万嘱咐

哪里该快哪里要慢

走什么步子

作何种手势

你不厌其烦地给我们示范

我赢得了喝彩

得到了奖

你比自己得了奖还高兴

我前进的每一步

都有你的辛勤劳动
我所做的每一项成绩
都浸透着你的心血

我们小学四个年级
还有一个幼稚园班级
语文数学音乐体育
就你一个老师
遇上社会活动新花样
诸如扭秧歌打腰鼓也是你教
老大一个人做娃娃动作
从不怕人耻笑讽刺
先做学生
后当先生
自己学而不厌
对学生诲人不倦

感觉到的不一定理解它
理解了的才能更深刻地感觉它
我是一张白纸
是你在上面画了一朵小花
我是一盆热土
是你把理想的种子播下
我听惯了马儿嘶啸
鸟儿鸣唱
而你却教我们
唱起了《草原牧歌》

你是探索者开路人
我们跟着你

启蒙者

走出了荆棘丛生的茫茫森林
你是独木小桥
送走了多少好学少年

你像一叶小舟
渡走了多少有志青年
你是第一级台阶
多少人踩着你的肩膀
攀登上高楼大厦
而你仍在原处不动
照旧在五尺讲台耕耘

你那厚实的肩膀
把多少小孩
托入高等学府和科学殿堂
蜡烛如何比得了你
一点烛光不过照一个学子
而你是百科全书
普照万千学子
一切为了儿童
哪有半点私心
将所有献给了未来
何曾保留一丝半缕

你的弟子
有的奋战在车间工地
有的耕耘在五尺讲台
或者匍匐在科研院所
有的探索在崇山峻岭
或者搏击在汪洋大海

有的做了白衣天使

履行救死扶伤的崇高使命

还有的驾驭着神舟飞船

遨游于苍穹太空

那里没有桃李种

天涯何处不识君

一丝绿意带来一片希望

一株鲜花给人一份美丽

一个有教养的人

造福于一个社会

一个榜样激励一个群体

你是绿叶又是鲜花

你是富有教养的人

你又为人师表

你把光热洒在了乡村

你将福音传播给众人

你虽然辞离人世

而你的风范精神

仍活在我们心中

老师

土地已经复苏

黄草正在返青

树木将吐嫩叶

花儿即将含苞

桃李已经成林

鲜花将要满园

你无愧于祖国

你无愧于人民

爱 情

家 庭

这里是学校
我一出生就报了到
有我的第一任老师

这里是驿站
又像是港湾
我从这里
走向社会机关工厂矿山
或者乘船去大海远洋
劳累困乏时在这儿休养
漂泊回来在这里抛锚停航

这里是我的医院
小痛小病有人诊断
精神不畅有人劝勉
解除了痛疼
抚平了创伤
再步入新长征的路上

这里是百花园
人生的梦在此圆
开着鲜美无比的花

长着硕大的果
一茬又一茬
一代又一代

这里是剧团
生旦净丑各种角色轮着扮演
真假善恶的道白你一语我一言
喜怒哀乐的歌交替传唱
有时演的喜剧
有时又将悲剧上演

这里是银行
收支心里一本账
衣食住行巧妙安排
各项开支精打细算
是多是少量入为出
月月年年操心赤字出现

这里是社会细胞
新陈代谢连绵不断
今天是家庭的一员
明天又将新的家庭组建
更新着小天地的结构
促进着社会的发展

夫妻恩爱儿女情长
尊老爱幼亲热温暖
一声奶奶酥到骨髓
一声爷爷润到心田

青 春 美

眼波一觑一闪
投来深情无限
究竟情有多深
怎能说得圆满

眉峰一耸一平
似有心意在胸
不知想些什么
反正一片好心

酒窝欲陷又鼓
似美又像艳丽
到底其美若何
全在内心深处

金口又张又合
似是欲言又止
谁知要说什么
只有心领神会

脖子欲转又回
像是半就半推
是否心意不定
只好且探且追

肩膀欲耸又降

难晓是何主张
没有两手一摊
好像还有希望

身子一摆一动
煞是多姿多情
不是高明画师
难绘绝妙倩影

秀发飘飘欲飞
一甩而动全身
整个万般风韵
言语岂能形容

寒流已经过去
乍暖还寒时候
春风徐徐吹来
仔细体会温存

花蕾含苞待放
花蕊欲张又合
像是爱的显示
可要认真体会

蜜蜂嗡嗡嗡嗡
带着温馨气味
你要嗅觉灵敏
品品爱的成分
燕子低飞高翔

似在打探动静
春困睡意沉沉
还不快点醒醒

初春已经过去
正是仲春时候
花儿正在开放
香味异常浓郁

快起快走快追
莫要误了花期
快寻快觅快求
蜜蜂燕子将飞

已是暮春时候
谁能留得春住
花期将要过去
难待长开不谢

蜂儿要寻新蕾
燕子欲觅伴儿
你若犹豫迟暮
良辰美景难再

蝴蝶成双成对
你飞我追嬉戏
是否有心有眼
解读其中滋味

黄　花

你是那样的清纯亮丽
实在是真善美的化身
我欲摸你的花瓣
担心乱了你的发型
想触摸你的面颊
怕弄脏你的纯净
欲与你亲个香吻
只怕沾了你的口红
本已心跳情萌
唯恐污了你的心灵
刚要握你的妙手
担心鲁莽撞了你的纯真
倘要拥抱你的玉体
生怕伤了你的金身
真想表一番美意
恐违你的言行
左右为难
万般无奈
只好将你印入瞳孔
在脑中欣赏你的倩影
或者埋在心底
化作我的灵魂
让你美妙的黄花
与我刻刻同行

珍 惜

人生能有几多爱
可记得你与老伴
第一次相遇的情景

是否忘了他对你的真情
在众多的追星族中
唯独他忠定不移
在最艰难时期
是他鼓舞了你的勇气

在你冷若冰霜之时
他曾对你热情洋溢

在你情淡意薄之时
他曾是那样的缱绻和缠绵

美满幸福的时刻有多少
可曾记得结婚仪式上
洞房花烛夜

人生能有几知己
无话不说无事不做的他和你

对方的兴趣你可掌握
他的爱好你照顾了多少

赤橙黄绿青蓝紫
你可晓得他爱什么颜色

酸甜苦麻辣香
你可知道他喜欢何种味道

山盟海誓亲口说
可经得了山崩海啸

大地作证
有无口是心非

风霜雨雪人生路
对方的辛酸艰难
你陪伴了多少

天天过日子年年长岁数
欠了几多账几多情

你可曾珍惜夫妻情分
那恩爱是增加了还是减少

你 与 我

你与我
你是琴拨子
总划着我的心弦
你又是鼓槌
槌槌打在我的心窝

你那沙沙的脚步声
步步和着我的心跳

你那鲜红的血液
总与我一起滚动
又好比肺泡与空气
一刻也不能停止呼吸
这就是你，这就是我
这就是难舍难分的你和我

追 寻

我看见了靓影
又听到那妙声
还嗅到了清香
舌尖舔着口红
身体触到了温情
全刻在了心中
其时难以自己
情是那样激动
爱是多么深沉
意蕴何等深厚
我为了得到你
永远不放弃追寻

热 恋

说爱你就爱你
像磁石吸铁

又似海潮翻滚

甚至是火山爆发

或者是雷霆万钧

力量强大无比

我无法抗拒

你不能自己

风儿啊总是要吹

草儿怎么能不动

太阳洒出光热

大地怎能不复苏萌动

花儿终究要开

蜂蝶怎能不采

男女倾慕相爱

何人能拒

倾慕汇合成强大的自然力

形成引力亲和力

谈情说爱人心使然

结成婚姻自然规律

几多热烈

几多深情

多少燃烧的火焰

多少激情沸腾

孕育生命

延续人群

谁个可阻拦

何人能抗拒

只能顺应

不能违逆

造成多少懊悔不及

导致几多抱恨终身

多少有情人一生不能相会

多少思念埋在黄泉坟墓

爱变成恨

热转为冷

来生来世

草木发青

花开蝶飞

无影无踪

成人之美

可歌可颂

男女相爱

永恒的主题

青春有几时

良缘何其稀

让爱情的曲儿放开唱

使难张的口儿大胆开

张开双臂拥抱爱情

将温馨的花儿送上前去

把爱的果子摘在手里

将丰收的喜悦揣在怀中

爱神已经降临

金箭早已射出

失去的已经入多

机会不能错过
让那圣洁的情爱
开出鲜美的花
结出丰硕的果

激 情

见你的眼睛闪亮光
担心烈火把你烫

看你的眼帘未上卷
冲动的心情欲冲天

要说的话儿找不着头
只因你的心意摸不透

想念的话儿一肚子
欲说不知从何起

深情厚谊满胸膛
一个爱字难开腔

你的心意向着谁
话到嘴边口难启

有心吻你一大口
眼见你小口缝没开

猜不透你爱听什么谱
不晓得我该唱哪个曲

欲张双臂拥抱你
怎奈何你手在衣袋里

又是买卖出远门
说声道别怕不理

从此东奔又西走
一腔思念难断头

缘　分

相遇相分难说清
不相识的双眼却传神
天天见面无心无意
千里相遇一见钟情

清风徐徐吹散我们
书信片片递温馨
洪水冲开你我形体
银线缕缕传友声
命运抛洒到天南地北
此情此爱哪能隔开

有缘千里来相会
无缘对面不相识
纵然有缘成伴侣
时过境迁人事非
朝三暮四缘分失

新酒旧液味各异
左品右尝不是味
东托西找费心计
黄花闺女颜色枯
青春已失难再回
回头一看过来路
情失人老面目非
八十老者谈婚姻
什么合适不合适
如水年华有几时
缘分恩爱要珍惜
锅碗瓢盆叮当响
磕磕碰碰有的是
情投意合难相遇
互谅万让最相宜
丝丝牵挂牢又紧
缘分情意贵保持

相　恋

你情至真时
将我带到一个新的境地
情投意合无怨无悔
温馨甜蜜难舍难分
爱情降临时并不知道
似月亮云中的一种感觉
月光让回忆复活
寒冷中使我暖和

街灯昏暗却体亮形清
语言难表而心里清楚
有你在跟前倍觉充实
离开了你我总觉心中空虚
你的眼神是那样迷我
老看不足生怕瞬间而过
是什么原因
我说不清道不明
如果你拥抱我
我才大悟大彻
请你牢记
莫要为风风雨雨误了佳期
莫要忘记
月光下树影深处
我在等着你
别让我着急
切要注意
愈是蜜意伤人最苦
愈是真情伤着最疼

谁能说得清

说大也大恰似宇宙
手指难量腿脚难步
恰如空中大气
看不见摸不着
只有在呼吸中感觉品味

说小也小似是微尘

或如牛毛细雨
数不清点点滴滴

要说深
深似大洋大海
看不清深度
要说浅也浅
浅如海边沙滩
清澈见底

若看那颜色
有时是蓝蓝的天
有时是碧绿的水
或是金黄的花
有时又是风沙滚滚
漆黑一团

瞧那形状
情浓时像繁花似锦
情淡时
又似枯树朽木残枝败叶
懒得一顾

高兴时
如睡眠中的甜梦
舍不得醒来
悲哀时
又是喊天哭地
泪如断线的珠子

爱 情

那激情燃烧时
像汽油点火
又像火山爆发
谁能熄灭
若是缘尽情绝
又如坚冰积雪
怎么能烧得起来

又像是天罗地网
若堕入其中缠住其身
纵然费尽心机
何能摆脱
如果超脱尘世
便四大皆空
无所谓男无所谓女
更无所谓情

如果劲头来了
恰似充气的皮球
跳得老高
滚得飞快
若泄了气
又似爆了胎的轮胎
拉不出推不动

得到时眼睛明亮一片
又是拥抱又是亲吻
失去时又如陷入迷津

眼看不清方向
脚下没有路径

盟誓时像岩石似泰山
除非海枯石烂天崩地陷
脆弱时如花瓶　似如镜子
一碰即碎

尝那味道如饥似渴
赛过糖甜过蜜
烦腻乏味了
比醋还酸比黄连还苦
味同嚼蜡苦不堪言

本是两颗心
看不着胶见不着漆
却牢牢粘在一起
相隔千万里
看不见丝摸不着线
又紧紧牵在一起

爱情啊爱情
古今中外世世代代
谁能解得透说得清
芸芸众生千千万万
谁理出了头绪
谁能说得明白

爱情啊爱情

爱情啊爱情

贵在真纯

像无瑕的白玉

如足赤的黄金

若系于金钱地位

攀附上名利权势

犹如美妙的曲子奏错了音符

纯清的酒浆掺了醋味

或美丽的画图上泼了污水

明亮的镜子上落了灰尘

变得浑浊不清

爱情啊爱情

重在实意

志趣的相同

事业的基础

脾气的磨合

信任的建立

欢乐的喜庆

患难的洗礼

和爱情共发展

与命运同呼吸

爱情啊爱情

要珍惜呵护

要咸同咸

要甜同甜

点点滴滴皆是爱的露珠
丝丝缕缕都是情的累积
一言一语全是生命的付出
一举一动牵动着对方的安危
委身于自己
系荣辱于一体
岂能随便破损
何能任意抛弃

爱情贵在专一
婚姻大事岂能儿戏
愈专愈深越深越笃
朝三暮四移情易性
越散越浅愈浅愈淡
由热转冷由爱变恨
枝节横生是非频繁
贻误事业其祸无穷

爱情啊爱情
好在升华创造新意
于风暴里求索安宁
从波涛中寻觅平静
于平凡里探索新奇
从黄沙中淘取真金
在戏剧里转换角色
从对白中撷取妙趣
于悲苦中寻找甜蜜
在异床上同作甜梦

爱情啊爱情
恰需要添新容
于生儿育女中创造新的文明
从无私奉献里燃烧激情
用爱情的火焰塑造美丽的人生
从互相激励中开拓奋进
从成熟里焕发青春
干枯树上再发新枝
悲剧过后上演喜剧
改变不丰创造美景

爱情啊爱情
秘诀是真情实意
价值是珍惜专一
培育丰富的内容
于对立中寻求统一
追求升华探索新意
相伴相依恰如手足
互为生命乃是最高境界

尽善尽美

你怎么如此冷漠
要知道这是对爱情的残酷

你何以如此轻视
要懂得这实在是对爱情的亵渎

怎么能这样随意
你可知道爱情是多么的纯净

如何能任意处置
可晓得爱情是何等的珍贵

请不要虚情假意
那简直是对爱情的鄙视

尽情地燃烧吧
发出炽热的能量

珍重吧
这是对爱情应尽的责任

请你务必相亲相敬
这是对神圣爱情的态度

你可要特别的珍惜
那真是掌上的明珠

倾全力追求吧
去实现尽善尽美的境界

永远的爱情

你似五月玫瑰
含苞期待开放
声似牧羊歌曲
美妙悦耳悠扬

你那美丽面颊
恰似十五月亮
你那柔情蜜意
怎么割舍中断

即使岩石熔化
我志不移不变
纵然大海枯竭
真心永远不减
倘若珠峰雪尽
蜜意不流不散

生命虽有尽头
情爱岂有穷期
咱们暂时相别
定要再会相见
虽然相隔万里
终究回你身旁

春　意

浓浓春意何其温柔
风和日丽何迅何速
良辰美景多么短促
抓之不住稍纵即逝

亮光闪烁嫩叶萌发
清香缕缕花蕊繁出
晨光流溢灿烂辉煌

枝残花谢何来馥郁

黄花将绽青春妙龄
细胞活跃血气旺盛
时过境迁春光不再
珍惜青春握住光阴

男婚女嫁天理人情
顺之应之何必犹豫
追之逐之结一伴侣
若走若飞捶胸顿足

爱情爱情妙在培育
耕耘不停呵护不辍
修正歪斜剪去蔓枝
阳光雨露享受尽用
新鲜空气充分流动
花朵艳丽果实丰硕
爱情花树常青常绿

良 缘

同性相斥钢对钢
异性相吸磁对铁
男大当婚合天理
女大宜嫁顺人情
天理人情皆规律
顺其自然不可逆
违背天理天难容
逆着人情情不顺

顺理成章天地久
情投意合万事谐

法律规则束其弊
道德舆论扬其利
合乎人群之需要
顺乎历史之潮流
天从人愿好事成
喜结良缘百年顺

爱情畅想曲

一个是鲜艳的玫瑰
一个是青翠的叶片
让它一起生长
共同经历阴沉晴朗

或在广阔原野奔驰
或在曲折的花径漫步
一起经历灰色的苦闷
共同享受绿色的欢娱

你说那甜言蜜语
我唱绵绵乐曲
虽是两种嗓音
却是一种幸福

何必叹生命苦短
论什么死神难免

不管它碧落黄泉
却在人世间一起欢畅
乘着天气清爽
像椋鸟般鸣啭
似蝴蝶那样飞翔

不要当婚姻的奴隶
且要做爱情的主人
恰若自由的男孩女孩
放开朗朗笑声

论什么铁饭碗瓷饭碗
分什么城里人乡里人
有人群就有爱情
让咱们共同追寻

论什么贫贱富贵
管它平房别墅
且塑造美丽的爱情
从爱中寻觅甜蜜和幸福

什么皇帝皇后那一套
什么规矩礼节这一套
我只承认爱情的永恒
放心大胆拥吻会晤

去掉幻想
美丽就在身旁
忘记烦恼
快乐就在眼前

爱 情

换一个角度
此地就是仙境
放开视野
情侣就在旁边

你不喜欢胖的圆的
我偏欣赏肌肤丰满
你看不上标新立异
我偏欣赏怪眉怪眼

不要浇灭爱的火种
好让它尽情燃放
不要砍伐爱的花树
定让它开花结果

快建设百花乐园
让幸福的花儿竞相绽放
为天下有情人牵线搭桥
成双成对结成侣伴

快邀那犹豫徘徊者
共赴舞会
观五彩缤纷的灯光
踏起欢乐的舞曲
翩翩起舞
欣赏美妙的音乐

你退我进我退你进
要快皆快要慢皆慢
让幸福与歌声一起飞扬
让快乐与舞步共同旋转

祁大山与马翠莲

农历七月初七日
传统庙会老规矩
更兼花儿演唱会
又是商品交易会
莲花山上好去处
山花烂漫遍山谷
琳琅商品摆满川
各种吃食一长串
吆喝招呼声连连
笑声歌声不间断
最是热闹好地方
花儿演唱台高高搭上

先名家高手捧场演唱
只见一位中年女歌手开唱
大夏河悠悠弹起了琴
莲花山听音乐着哩
演唱会开的分外红
唱家们像群鸟儿
百家争鸣着哩
……

接着是一位男歌手引唱
好花儿响彻了河州城
唱出了开发大西北的激情
扯开了嗓子放开了声
唱不尽好花儿发展的远景
老歌手浑厚嘹亮的头一炮
获得了热烈持久的掌声

主持人宣布进行特邀歌手表演唱
中秋的金菊香千里
莲花山抬着头笑哩
演唱会热烈地欢迎你
好花儿招手着哩

我们的歌海无边际
我们的花儿更美丽
花儿的野腔把人迷
谁听了谁就醉哩

花儿的大地在哪里
你听听在唱家们的金嗓子里
花儿的繁荣在哪里
你看看在演唱会的歌坛上哩
……
特邀歌手演唱过后
新秀自告奋勇表演
一个男青年首先跃上舞台
白衬衫花马甲好不气派
一张口就轰动了演唱会

台下发出雷鸣般喝彩声

主持人宣布规定每位歌手限唱两首

他一开腔成百上千的听众不让他下台

——上了高高的祁连山往下看

桃花开红了满川

山青水秀美地方

真好看——风景赛过江南

唱了一首又一首

高不过蓝天深不过海

好不过改革开放好时代

幸福生活节节高

心里的花儿漫来

左手里握的方向盘

右手里抓的是挡杆

眼睛盯着大马路

鼻子里哼着花儿曲

世上什么都舍得

唯独不能没有你

什么都想送给你

无论我的爱还是我的命

没有的我想给你买来

只要是你喜欢的

买不到的我给你借来

如果是你需要的

嫦娥若有金梳子
搭着天梯借给你
龙王女儿有银篦子
不怕海深路险我去取

你若用月亮当镜子
哪怕十万八千里摘给你
少了什么都可以
唯独不能没有你
这个歌手顶杰出
称他是花痴最合适
从小就爱听歌曲
从早到晚不离口
大山之间是他家
住在山谷河岸旁
林木青翠碧草绿
浪漫山花到处是
河水潺潺似歌声
鸟声啾啾和唧唧
时有男女对山歌
一唱一和传佳音
震山荡谷悦人耳
和着水声顺着风
远扬十里非凡响
近处远处皆能闻

美丽的自然环境
赐予他歌手天资
浓郁的花儿氛围

将聪颖天资陶冶
对歌唱歌他着迷
路远路近都欣赏
从听到学又演唱
基础扎实功底厚
嗓音广阔变化多
韵味十足音色美

拜师学艺不怕苦
好动脑子细琢磨
博采众长不嫌多
天地人生皆涉猎
凄楚悲喜认真品
音韵风格细细嚼
小说评书尤爱读
典故故事牢牢记
佳句妙语不放过
一一收进花儿里
自编自写几百首
唱的演的无其数
多才多艺人称道
远近闻名谁不知
若问其是哪一个
他的名字叫祁大山

又是一位女歌手
跃上歌坛试高低
羊角小辫高高翘
眉目清秀眸子亮

唇红齿白声若铃
脸上堆笑眼含情
小巧玲珑一少女
身单体薄个儿低
似是力小难胜任
不料一声银铃响
声高音大惊煞人

音色又脆又响亮
一听便知非凡人
底蕴深厚韵气足
原汁原味好花儿
歌声响彻满山谷
仰首屏息仔细听
鸦雀无声听者众
——下了个巍巍的莲花山
向上望
松树柏树满山冈
青枝绿叶一片翠
无限美景扬天下

紧接着又唱
阿哥打工去江南
时时处处把你想
阴云布天我担心
唯恐大雨将你淋

烈日当空念着你
是否戴上草帽子

清汤牛肉面端在手
不知你那有没有

对歌歌手
喝彩的掌声不断
再来一个的呼声震天
接连漫了五六首
方才不得不了结
她的名字叫什么
她就是有名的马翠莲

几个新秀演唱之后
开始了男女歌手的对唱
先是一位女歌手唱
阿哥是一锭白银子
请上个银匠
打成个铃铛
红毛线穿上
带在阿哥身上
叮当响
尕妹妹走开了连上

男歌手对唱
尕妹妹好比是金条子
请上个金匠
打成耳环
戴在你耳朵上
金光亮闪闪
你前面走

阿哥我跟上

又一对歌手漫花儿
先由男歌手开头
园子里的韭菜不要割
叫它绿绿的长着
阿哥是沟渠妹是水不要断
叫它慢慢地淌着
亲亲热热说下的话
你把它牢牢儿记着

接着女歌手应对
树上结的青苹果不要摘
叫它往红里长着
你漫花儿我唱歌不要停
看谁唱的最多
你漫的花儿我听着
我将它仔细地品着
……
又一对歌手唱
男的开头
雪白的杏花开在三月天
马莲花开在了路边
一肚子的花儿漫个遍
喜在心里笑在脸上

女的对唱
鲜红的桃花绽放在三月天
杨柳儿吐翠在路两旁

满山的花儿红又艳

三天三夜唱不完

男的又唱

圆不过月亮多不过星

大不过天上的银河系

尕妹妹好比是冰棍

心里想吃怕冰人

女的对唱

红不过太阳蓝不过天

广不过太空大无边

阿哥好比是红铁块

心里想爱怕烫手

男的唱

上山时容易下山时难

过河时不知道深浅

尕妹妹好交口难开

怕的是脖子不给眼睛不看

女歌手对着唱

这山望见那山高

上了那个山山外的山更高

阿哥相交情难却

怕的是朝三暮四吃不透

接下来是祁大山与马翠莲对唱

祁大山能歌善舞

一边漫着花儿
随着歌词大意与花儿节奏
翩翩起舞
更增添了漫花儿的风采
边舞边唱
花里的花王是牡丹
姑娘里的冠军是翠莲
说亲的人儿一大串
我心里只有翠莲

马翠莲伴着男歌手的舞步
双双起舞
和着男歌手的花儿对唱
花里的花王是牡丹
歌手里的歌王是祁郎
求婚的人儿一大串
尕妹我心里自有主张

祁大山又唱
人群里追姑娘搭不上话
心里头又急又痒
大燕麦出穗者嗦啰啰
我的心悬在胸膛
一对大眼睛水灵灵笑
不知道你笑的是什么

马翠莲对唱
老天爷有云雨会下
天上下雨地上滑

漂亮姑娘一大群
季节到了会开花
架上的葡萄一串串
时候到了就会落下
尕妹我眼睛亮晶晶
看上人还要听唱的啥

祁大山又唱
青青的麦苗迎风摆
锄草的姐妹一字排
你追我赶往前行
哪一个是我心上人

马翠莲对道
绽放的菜花一片黄
蜜蜂蝴蝶转又旋
阿哥阿妹埂上行
谁是蝴蝶谁是蜂

祁大山又唱
手里拿的是望远镜
把远山拉成个近山
对着人群仔细看
尕妹的人才最漂亮

马翠莲对唱
望远镜我不用拿
眼睛不必远处看
有个人儿在眼前

称心称意倒喜欢

马翠莲又打擂
新编的花儿用车拉
你长上千张嘴唱不完它
好花儿一肚子两肋巴
搭下歌台咱们唱吧

祁大山应战
八月十五的明月亮
一月里能圆上几晚
尕妹阿哥来赏月
一生中能圆上几趟

他俩漫花儿
就像吹唢呐
嗓音嘹亮婉转
尾音既长又颤
又像翻山越岭走山路
上上下下顺山势而行
或者拐弯抹角
或停停走走　抑扬顿挫
此正是花儿的独到之处
实乃花儿的秘诀所在
尾音使人浮想联翩
一阵儿像乘羊皮筏子漂行
或快或慢或旋或转
又似放风筝
收收放放忽高忽低

让听者情绪起伏不定
漫到悲凄处
眼泪像断线的珠儿扑簌而下
漫到欢乐滑稽处
令人前仰后合哈哈大笑

说起他俩话儿长
两全其美都占全
共住在一道河谷
曾放牧两面山上
马翠莲天性爱歌
一听就懂一学会唱
生性活泼落落大方

表情丰富擅长表演
长大后不再放牧
在饭馆里跑堂兼演唱
唱起山歌漫开花儿
全身心投入
又激情昂扬
演唱各种曲子调子
原汁原味令人陶醉
柔情蜜意余音绕梁
最是那拖得很长的尾音
听众最是感觉会神入迷
若遇上善歌的对手
打擂台　搞比赛
激情更高更来劲
依对手的词儿曲凋

现场自编自唱
随机应变应对自如
你唱我应配合默契
句句顺口声声押韵
三天三夜不重复
领唱伴唱皆胜任

再说祁大山
少年放羊就试着对唱
你在东山牧牛
我在西山放羊
你的金嗓子荡山坡
我的花儿响满川

长大后在黄河划羊皮筏子
与乘客对唱
小妹妹坐船不用怕
阿哥划船本事大
涛翻浪滚都经过
乘客货物安全到达

乘客和他也对歌
我坐筏子你划桨
风大浪急不心慌
由祁大哥来撑船
又平稳来又安全

在码头上饭馆吃饭
服务员与他也对歌

接客送客黄河上
从早到晚不得闲
请到饭馆坐一坐
润润嗓子歇歇肩
祁大山顺门应对
风里雨里太辛苦
你的热茶买一壶
外加一碗牛肉面
不要细的要大宽

后来河面上搭起了桥
摆渡无活去打工
改革开放旅游热
黄河风景好去处
重操旧业接游客
生意不大也不错
祁大山与马翠莲
乡里乡亲常来往
虽不是生意上的合伙人
却是漫花儿的老搭档
牧羊少年成过去
码头上又你来我往
马翠莲有时也坐船
祁大山少不了进饭琯
更兼都会漫花儿
一唱一应成自然

一个由放羊娃唱成了大汉
一个从羊角小丫漫到了黄花闺女

祁大山喜欢马翠莲的金嗓子
马翠莲爱听他扯开嗓子放声吼
一个是生动活泼热情好客
一个则见多识广才艺出众
共同从山谷唱到县城
再从县上将花儿漫到省城
一腔花儿漫遍了山山水水
燃烧的激情洒满了城市乡村
漫花儿漫出了深厚感情
为花儿的事业走在一起
无论走到天涯海角
不管少年还是青年
花儿与他俩曲不离口
对花儿的深情有增无减
一对有情人终成眷属
花儿王和花儿后结为伴侣

演唱会到了尾声
马翠莲和祁大山
双双获得一等奖
表彰结果一宣布
掌声喝彩震山谷
若问谁个漫的美
他俩唱的最是好
要论谁的婚姻好
最是他们两口子
亲到一处美到一家
真正是花儿王花儿后

一再要求花儿王花儿后

再唱一番

盛情难却祁大山先唱

太子山顶上彩云布天

大夏河里浪花歌唱

阿哥的心儿里绾了疙瘩

开锁的钥匙何时能配下

黄河上度过半辈子

浪尖上划筏子哩

尕妹像天上的鹁鸽虚空里旋

不知何日里结对做伴

马翠莲对唱

莲花山上彩霞飘扬

山谷里飞起了雪花

阿哥的心里上了个锁

开锁的钥匙我已配下

黄河上过光阴不怕风吹浪打

尕妹我看在眼里记在心上

一个鸟儿满天飞孤孤单单

两个鸟儿比着飞你翱我翔

又祁大山唱

花园里栽花根根儿深

根深的花儿开的俊

阿哥对尕妹一往情深

情深者心儿里醉了

山坡上栽树者树高了

飞着的凤凰该落了

尕妹妹越长越俊了
迷住了阿哥的心了

又是马翠莲对唱
一个山上放羊你的心意我都晓
千里路上行走你的力气我知道
山下河旁那么多树
最大的树最高的枝我落了
你划筏子我坐舟
风里浪里过来了
我俩的情比海深
我俩的爱比祁连山高
大夏河的水长又长
我俩的深情比河水更长

豪 情

接 力 棒

我们都看日落日出
我们都在地平线上起步
这是生存空间的一维
又是历史长河的一截
虽无终点但有起点
大家都在分分秒秒的赛跑
一个又一个的世纪
一代又一代的人群
一个又一个里程碑
一段又一段的前进路
万里征程的跑道上
一棒又一棒在接力
弱者掉棒强者超前

历史车轮滚滚向前
民族复兴接力棒待我接上
我要昂首挺胸
要接好我这一棒
奋力跑好这一棒
力争最快更高更强

闯　荡

羽翼下多么温暖安宁
鸟儿何曾在巢里窝度一生
池塘是何等的逍遥自在
小鲤鱼终究愿游向大洋大海
奇花怎能长住花房
好树总就要移出苗圃
奶汁当然甜蜜热乎
可哪比得饭鲜菜香
幼驹跟母马相随相依
那比得自由自在奔驰草原
好儿郎恋母亦出息远行
好女儿疼母终究出嫁作娘
地球太小装不下雄心壮志
太空愈近欲上火星木星
与其在安稳昏睡中消失
莫如在闯荡中图强奋进
好儿女何不步出家园校园
于广阔天地一试身手
用流水年华大展夺目丰采

出　发

严冬早就过去
春天已经来临
东方鱼肚发白
开始新的长征
整装待发

校门可能打开
老师等在那里
背起书包上学
迟到多么无趣
赶快出发

树苗准备就绪
八点上山植树
误了集体行动
多么现眼丢人
赶快出发

汽笛就要拉响
上班路途遥远
中途还要倒车
动作不能迟缓
赶快出发

开工典礼就搞
主席台已搭好
来宾一定很多
祝贺的可能不少
赶快出发

巨轮就要远航
立刻就要起锚
是否丢下东西
我来帮你装包

赶快出发

今晚慰问演出
要求队伍整齐
虽然我演配角
掉队大家着急
赶快出发

发射安装就绪
单等大好天气
今天风平浪静
赶快出发

新长征的号角吹响
要谱振兴中华的篇章
描绘壮丽人生
迎接新的灿烂辉煌

奋 斗

要么再回到地球
要么魂归太空
从此永别祖国
永别亲人
两个命运摆在你的前头
让你做出最后的决定
宇航员毫不犹豫
终于飞向太空

幼儿第一次站立
那么幼稚又需要何等勇气
还不会走便快步冲到母亲怀里
虽然初步也冒了小小风险
小不点点便显出人类的神奇
一岁迈过了从猿到人的五十万年
从此开始了一生的漫长跋涉

第一次出远门
第一次出征
第一次登台演出
第一次执行艰险的任务
第一次探险
第一次科学实验
终于有了成功
创造了多少伟绩
开拓了人类的文明史
揭开了自然的奥秘
发现了些许发展的规律
推动了人类的进步

学会游泳哪能不呛一口水
学会取火何曾不会烫着手
在强手如林的赛场上夺冠
哪有轻松和自由
跳高的横杆高高架起
谁能一跃而过
万米赛跑的终点线
看何人最先冲刺到那里

又是挑战巨疼创伤的考验

又是勇气智慧体力意志的较量

不是赢得胜利

便是输得精光

容不得丝毫犹豫彷徨

谁曾见懦弱和可怜

攀登珠穆朗玛高峰

处处是悬崖绝壁

空气多么稀薄

呼吸何等困难

一步一个刀山

时刻面临险关

在成功与失败的交叉点上争锋

于生与死的临界线上冲刺

只有鼓劲拼搏

那顾壮烈牺牲

炎黄给了我人种

祖宗留下了热土

父母给了我生命

历史给了我心灵

人民鼓我的激情

同伴为我使劲

没有奴才相

只有英雄的根

可怜虫难存天地之间

巾帼豪杰顶天立地

传承万年文明
充满奋斗精神
肩挑起万钧重担
不辜负历史使命
在火山爆发的烈焰中
追寻生命的真谛
于泪与血的交融中
显现出圣洁的灵魂

光彩夺目是奋斗的生命
壮丽灿烂是拼搏的风韵
让坚毅羞退讥笑
用神勇战胜狐疑
用拼搏的精神装点人生
让无愧的奋斗奏出时代的佳音

参　　与

千年古塔
由万块巨石打下牢固基础
筑就高高塔身
才有一石塔顶高立

哪能都得冠军
跳蹦千万儿女
沙场挥汗抛泪
雄杰竞逐真金炼出
凤毛麟角才露

积滴滴雨露为涓涓溪流
成滚滚江河汇入汪洋大海
终浮起万吨巨轮

不能都中头彩
均获吉尼斯世界纪录
千万人注目

成在天时地利
重在实行贵在参与
甘心摔打陪练

亦愿摇旗呐喊
旁人头彩中奖
冠军落入同伴
庆祝满心喜欢

创造未来

现在强于过去
那是先辈奋斗的结果
将来欲胜过现在
要靠后生不懈追求
高举鲜艳红旗
风云变幻魂不丢
立下愚公移山志
万里神州披锦绣

打　气

打气
使自行车骑来省力
充气
让汽车载重疾驰
鼓劲
催爬山者攀上顶峰
加油
夺取球赛的最后胜利

打气　鼓劲　加油
强者从不泄气
唯有冲刺

战胜非典

从天而降的病毒
突如其来的灾难
放倒了成千上万的壮汉
致四面八方紧张
夺走了几多男女老幼的生命
使芸芸众生人人心慌

我担心中央领导的健康
我忧虑各族人民的安全
为众多患者提心
为白衣天使吊胆
诚盼快快降服妖魔

希望人民大众安康

你可以选择躲避
但是不能
也可以请假休息
哪里顾得上
还有众多理由
哪里能够

危险如决堤洪水
需要你去围堵
灾情似熊熊烈火
招你快去扑救
患者在呼救老弱尚呻吟
一线在告急近者心如焚
中央发号令地方急部署
上上下下齐动员
丝毫不允许选择
只有豁出来冲上去
争分夺秒冲锋陷阵

共产党员英勇冲锋
共青团员紧紧跟进
志士仁人尽其所能
捐钱献物忙个不停
扑向显微镜里的敌人
开展没有硝烟的人民战争

我们武装到牙齿

不许它逃遁

万众一心除恶务尽

团结互助众志成城

依靠科学战胜灾星

和衷共济欲获全胜

顽敌面前

华夏何曾低过头

灾祸来临

神州几度慌过神

跨过深渊

越过激流

跟踪追击

消灭病毒

再创人类的辉煌

重筑历史的丰碑

赞航天测量船

伴着航天事业的发展

乘风破浪奋勇向前

十个脚趾紧扒那甲板

一双铁手牢钳着栏杆

一颗红心永向着祖国

一双慧眼注视着前方

一年三季生活在大海远洋

白天黑夜战斗在谷底浪尖

一日三餐何曾见新鲜蔬菜

碗筷杯盘频频被风浪卷走
在熊熊烈火中燃烧熔炼
于高压强打中翻滚锻造
尽除去渣滓糟粕
终锤炼出金刚真身
坚守在惊涛骇浪里
保证神州号太空遨游

听民乐协奏

时而唧唧
像百鸟朝凤齐叫共鸣
时而啾瞅
树上麻雀一呼百应
又像池中无数青蛙
一只开头顿时蛙声一片
又像鸡婆唤小鸡吃食
连叫带跑群起而来
或者如云雀腾飞高入云端
或者像沉鱼入水游向海底
时而像饭后散步悠闲自在
时而若恋人谈情
徐徐而来缓缓而行
忽然若五雷轰顶不及掩耳
忽而又渐渐远去销声匿迹
或像涓涓溪流渠水
依势而行拐弯抹角徐徐流去
或像冲锋陷阵的铁流
锐不可当滚滚向前

一阵像风筝飞翔忽高忽低
一阵如烟雾飘荡随风行走
那指挥的双手像操着缰绳
随马跑的节奏向前奔跑
又像在打醉拳左一拳右一拳
前一脚后一脚东倒西歪
又像是讲台上的老师提问学生
指一下这个点一下那个
又如突然受到惊吓的老太婆
双手颤抖浑身哆嗦
突然雷声又炸狂风大作
电光闪闪暴雨骤泄
犹如开山炸石放炮
或者万千刀枪撞击
十万火急失去控制
万马奔腾无法驾驭
猛地一掌从高空劈下
戛然而止
万籁俱寂鸦雀无声

唱吧，放声唱吧

唱吧，新时代的土人
机器的轰鸣乃节奏
风声雨声是乐器
锅碗瓢盆是锣鼓
叫卖吆喝是和声
歌声是长征的号角
唱响是前进的口令

让歌声伴着我们奋斗
让歌声为劳动喝彩加油
你在工厂里唱
我在田野里唱
你在草原上唱
我在兵营里唱
你在学校里唱
我在赛场上唱
你在台上演着唱
我在台下跟着唱
母亲哼着摇篮曲
幼儿咿呀学唱词
唱出自己心里话
唱出满腔爱与情
唱出时代最强音
唱出爱国那热忱
让我哼着曲子生活
让生活在歌声中度过
让生命在歌声中激荡
让激情随歌声飞扬
我们的事业何等神圣
我们的生活多么幸福
我们的劳动何等欢乐
我们的歌声多么嘹亮
让歌声使我们的生活更加美好
让歌声使我的工作充满诗意
让歌声荡涤我们的心灵
让歌声振奋我们的精神

公仆情

当代表有感

选我当代表
哪里是只去开开会
而是反映选举者的意志
代表大家的利益和要求
集中到会议的精神里

选我当代表
哪里是只去开开会
而是要把会议的精神带下来
转化为群众的力量付诸行动
推动改革开放发展稳定的实践

庄严的国歌声
振奋了我的精神
猎猎的红旗
指引我奋勇前进
会议发布了号召
团结奋进
实现小康社会

会上阵阵议论
要深化改革扩大开放
小组上的讲话
讲的是单位群众的要求
大会发言
再造锦绣江山发展要迈大步

会议异口同声
建设小康社会要见行动
要做先进生产力的代表
代表先进文化发展的方向
代表广大人民的根本利益

我们代表着党员的意志
反映着广大群众的呼声
顺应着时代的潮流
肩负着组织的重托

委 员

群众举手选你
盼望你代表自己的利益
希望你为人民服务
切莫辜负他们的美意
组织委托你挑重担
是相信你的品德能力
期望你胜任并且有所作为
切莫将担子胡挑乱扔
戴着鲜红的出席证

过往车辆让路
交警举手致敬
路人夹道欢迎
不要以为是
高人一头
先人一步
那是对委员这个荣誉的尊重

庄严会场的一席
那是给你的荣誉
荣誉只说明过去
重要的是创造未来
电视屏幕的一现
公仆的角色由你扮演
表演出色还是出丑
观众自有公断

庄严的国歌声声
隆重的开幕闭幕式
重要的会议精神
赋予你历史的使命
切莫辜负那光荣的一瞬

有一万个理由
殚精竭虑献计献策
没有丝毫道理应付或亵渎
与大家共享幸福快乐
应当与同仁辛苦效劳

公 仆

什么科级处级地厅级
统统是人民的公仆
脱离了人民构成的一层层台阶
你的级别在何处

什么小套中套大套
睡觉只占两个平方米
广大群众安居
我方睡得踏实

论什么车越坐越小
不过是挪动距离的工具
与坐轿骑马一个道理
并非排气越多越威风

宗 旨

责任与使命多么光荣
人民利益最神圣
肩上担子比泰山还重
耳听不顺仗义执言
事见不妥据理力争
路遇不平拔刀相助
人若不公六亲不认
孤弱者扶之
逞强者抑之
扭曲者正之

颠倒者反之
这是我的责任

莫以善小而不为
勿以恶小而为之
为了事业的发展兴旺
为了人民的幸福安康
为了国家的繁荣富强
为了公仆的人格尊严
说话何顾口干舌燥
跑路哪怕腿疼腰酸
俗见拙笔草提案
社情民意记在心
鞠躬尽瘁万死不辞
这是我的精神

是非曲直依法律准绳
分辨黑白若观镜上灰尘
鼎立褒扬真善美之德
口诛笔伐丑恶行径
绝不含混
最讲认真
这便是我的态度

犹如乐队的指挥
与唱歌者和伴奏者的演出
委员乃百姓的一员
如沧海之一粟
代表着人民的利益

反映的是群众的要求
只有尽职尽责的义务
没有个人的特殊利益
岂能怀不良的企图
或抱额外的觊觎
这就是我的情意

担　子

让我挑千斤担子
知道我能挑得起
既是对过去的肯定
又是对肩膀的认可

让我挑千斤重担
是对我将来的期望
是否继承了传统
我要用行动来实践

让我挑千斤担子
那是工作的需要
亦是事业的传承
是否将寄托辜负

我挑千斤担子
便是做出了承诺
我将挑的如何
我是否实践了承诺

职　责

人生道路多坎坷
挫折失意何其多
不平对待免不了
冤枉曲折又若何
无数先烈志未酬
多少功臣受折磨
只要人民得利益
个人吃亏算什么

签字盖章虽程序
于公于私慎掂量
乌纱官帽人民授
温饱安康记心上
帽子越大干系大
作威作福民不谅

俸禄一月千百元
均是纳税人血汗
月月发来经常涨
民脂民膏来得难
饮水当思掘井人
衣食岂忘工农商
倍加服务理应当
松懈亵渎难原谅

单位经费账上款

事业保证衣食源
精打细算一顶俩
不可挥霍与铺张
若是损公肥了私
亏了人民亏了党
最恨贪污又受贿
良心不容民难谅

手中权力人民给
需为人民谋利益
投足举手有干系
时时处处要注意
以权谋私权作棍
打击报复自为敌
叛了人民背了理
天理难容法难许

公 仆 赞

为什么蜜蜂般勤奋
只为了人民的幸福
国家的安危
大众需要你的服务
国家需要你的劳动

你为什么镜子那样光明
因为你有一颗纯净的心
这颗心与私欲很远
这颗心紧贴着人民

你为什么像松柏那样挺直
因为你无额外的欲望和追求
除了人民的幸福安康
便是国家的富强繁荣

你为什么那样激动
因为容不得腐败恶行
爱得愈亲
伤得越深

你为什么心存遗憾
这里有荒山那里有沙漠
污水尚未处理垃圾没有清除
要办的事太多
心有余力不足

你为什么那样伟大
因为奋斗着伟大神圣的事业
蒸蒸日上的经济欣欣向荣的文化
绚丽的光彩折射在你的身影

憨　客

茫茫大地的儿子
芸芸百姓的一员
身体印有时代的烙印
胸中怀有劳动者的风范
似是黄河岸边的垂柳

实是黄土高原的白杨

渴望改变贫苦的处境

期盼吃饱穿暖奔小康

虽是人民公仆勤务员

可地位荣誉何曾健忘

乘了这个车　坐了那条船

要摆脱也枉然

职务似踏台阶上楼房

一级一级攀着上

今年任命了处长

明年又提拔院长

还有代表委员一系列

头衔一长串名片列不完

全是人民的哺育

党的关怀和培养

恰恰是盛名之下其实难副

有心补苍天的缝隙

未炼出彩石一瓦一砖

蓄意修桥铺路积阴德

胸中无良策手中缺手段

欲造福百姓一方

非大智大勇又缺财少钱

思谋着劝恶从善

怎奈人微言轻不自量

在位时谨小慎微怕越雷池一步

要做时又时过境迁权力作废

路见不平欲鼎力相助

只可惜手无缚鸡的力量

眼看着繁荣富强民主文明好景象

无不欢欣鼓舞手舞足蹈

耳闻灾祸事故伤财死人

又扼腕叹息

心痛疾首

偶然来到世上

父母含辛茹苦拉扯一番

有心报恩

远非孝子贤孙

欠下的补不上

过去的来不及

留下终身遗憾

美名叫不能忠孝两全

总想夫妻恩爱

其实仅是理想

忙忙碌碌于单位

马马虎虎家务短长

模范丈夫不沾边

有道是锅碗瓢盆叮当响

转眼间满头白发

又把爷爷当

做父亲做爷爷皆不称职

在家里怨声一片

全靠他们自我努力

只盼望茁壮成长过得安康

回头看几十年

酸甜苦辣皆尝遍

黑白炎凉均体验

时而似内向的花蕾含而不放

时而又绽放不羁争芳斗艳
改革开放欲甩开膀子大干一场
谨小慎微又怕鸡飞蛋打冒风险
想快刀斩乱麻排忧解难
却又像一篓子螃蟹里钩外连
欲鞠躬尽瘁多办好事
又好比公共食堂的炊事员
众口难调嗜好难量
总相信一个个心好意善
原来并不是想象的那样
生怕肩负的期望有辜负
唯恐担子挑不到地点
总是上气不接下气
何曾些微平稳舒缓
时时处处提心吊胆
囫囵觉没睡过一夜一天
脸好像四月的天不是风便是雨
有多少风和日丽艳阳天

苦劳疲劳皆占全
年迈体弱力不足心不闲
猛回头细思量
聪敏不足愚忠不鲜
实干有余谋略缺欠
书中学问未解透
社会人事悟得浅
风口浪尖闯的少
成绩不大功劳难讲
也只是谋事在人成事在天

诸多事情不由人
只因形势比人强

唯一的仅仅是无悔无怨
无愧于人民对得起党
怀的是镰刀锤子的魂
走的是五星红旗引的路
公私分明
一心扑在工作上
痴心不改愚忠不变
有一口气出一份力
有一卡热发一缕光
认事不认人只把事业干
私情不顾
关系难周全
生活节俭
不摆酒设宴
金银财物
不图不贪
虽羡慕艳丽芳香的鲜花
又舍不得动一叶一瓣
上司的脸色不去看
后门不走前门闯
升官不发财
排场阔气讲不来
该做的埋头拉车
不该做的说啥也不干
说话开门见山
行事既不抹角也不拐弯

众人有好评

个别人看不上

有道是未做亏心事

腹中无愧疚

落得个两袖清风胸襟坦荡

好比是大海一滴水

田里一株苗

林中一棵松原上一棵草

又恰像冬天的一片雪花

清晨的一珠露水

清风一丝一缕

微尘一粒一沫

怀着乡亲的温情恋着大地的恩惠

纵然泪干尘飞身衰弱

归于母亲

存于人间

伴 侣 情

相 遇

在大学的校园里
偶然遇上了你
一千五百米的跑道上
你第一个向终点线冲刺
又是在课堂上
你坐在我前面的位置
在文艺晚会上
你领唱十送红军
声音格外瞭亮清脆
博得掌声阵阵
那出色的表演
吸引了我的注意
美好的印象
深深地埋在了我心里

倩 影

在同学当中
数你生动活泼落落大方
你的魅力与众不同
或沉默不语
或出口不凡

声音清脆悦耳

两道翠羽眉毛下

一对双眼皮的大眼睛

明亮又深邃

像若有所思　又不可侵犯

似是温柔善良　却又机敏威严

似玉壶宝瓶　藏而不露

而最迷人之处

则是上嘴唇中间下端

微微翘起的那一点

仿佛诸般聪慧　万种风韵

都集中在那里

只要略略一上翘

便使人神魂飘荡

激动得不能自己

再细品你那性格脾气

最是机敏迅捷中空外直

直来直去快嘴快舌

是非黑白一清二楚

不分上级下属

不管亲友同志

待人接物一视同仁

通体水灵美而不妖

千般风韵集于一身

香远益清沁人心扉

亭亭玉立突出水中

瞧那一举一动

随风摇曳而不倒

好像人花互看

欣赏而意犹未尽

抚摸却远近不能

忘了是生在陆地还是长在海中

似行在花园里　或长于草木丛中

只见花瓣层层重叠　花株枝繁叶茂

清香阵阵袭人　令我如痴如醉

若大地人之灵气集于一体

万般风韵汇在一处

最难忘的是你那

如泣如诉之状

字字句句情真意切

令人心动感人肺腑

同伴同学

无不夸你美丽

乡里乡亲

个个啧啧称羡　赞美有加

若一簇水仙花中

最出类拔萃的一朵

任旁边的艳丽

周围的芳香所不及

那气质　恰似出水芙蓉

光彩处处引人注目

似一杯清纯佳酿

沁人肺腑

像一股清风爽气

教人清凉愉快

也似一股清澈喷涌的泉水

带来活力激人奋进

爱心萌动

若问为何这般艳美

原是天地灵气的汇集

在那长江以南珠江以北

叫荷花村的地方

常年风和日丽 空气湿润温和

每日清晨

一片雾气罩着大地

太阳一出一晒

慢慢烟消雾散

清风拂面又绵又软

青山绿水润人肌肤

一年四季

田野上全是庄稼

菜花金黄 无边无际

香气四溢 清爽宜人

阡陌交织稻田碧绿

溪流纵横池塘如镜

水中鱼儿阵阵

岸上鹅鸭成群

无论江中池塘渠水

皆清澈碧透甜美宜人

最是那乡民

无论男女老幼

都勤劳勇敢智慧豪爽
勤于务农精于经商
爱好学习崇尚教养
风和日丽的天时
降你以非凡风骨
大自然的美丽
赐你以靓丽肌肤
勤劳智慧的人民
培育你不凡气质
文明的社会民情
养育你那美丽的心灵
你的佳影
似在清水波光里晃动
竹丛中的一闪
旷野里一声脆响
哪个画师能画出你的眼神
即使是绘画大师的杰作
最惟妙惟肖的创作
哪双巧手能绣出你的倩影
哪怕是能工巧匠
或者天上织女的云锦
只有我看得清楚
唯有我体会得真切
一切美好的因子
造就了如此花中仙子
那秀外慧中若出水芙蓉
是美的缩影
更是荷花的精灵

月 朦 胧

你像一个少有的晴空月夜

月轮高悬在苍茫太空

你借太阳的光芒照亮人间

你将你的月光

洒向校园和大地

并光顾我的窗户

照进了我的心房

激活了我的灵魂

使我顿觉一片明亮

使我格外精神兴奋

我借着亮光

看清了你的面庞

我是多么的幸运

又是何等的福气

我未曾以小小的月饼向你表达心意

你何曾享受过一丝一粒

我真想上月宫致谢

可哪有神药和天梯

淡淡的月光虽不温暖

却赐予我许多欢欣

月下老人

成全了多少有情眷属

可明月几时有

笑颜何稀奇

月末月初

不知你去向何处
一片漆黑
哪能见到你的倩影
逢上月食
又致你残缺不全
担心你玉身受损伤

等待你伤好身全
你不是姗姗来迟
便是徐徐西沉
偶然露脸也只是
犹抱琵琶半遮面
不是上弦便是下弦
难得正面相顾
更有云遮雾障
不时将你藏入深宫
真是盼星星盼月亮
儿时看到你的圆脸尽显
喜笑颜开

多么盼你展现美丽的身影
将清纯的光洒向大地
渴望你常圆常明
照亮林荫大道幽静小径
请你常照人间
月末月初别远去远方
当心那可恶的天狗蚕食你
也别姗姗来迟
更不要缓缓西去

或者犹抱琵琶半遮面
尽管正面大胆地看我一眼
好让我舒心欢畅
风儿呀　你快使劲地吹
吹去浮云驱散雾气
让月儿面对人间
将清辉光倾泻在我面前
赶走阴霾和黑暗
送来光明

月儿啊
至少你应该透过云缝
现出你的真身
你若弃我而去
我是多么伤心
你若隐身藏匿
我就会失去我光明
黑暗将淹没道路曲径
夺去我的欢欣
阴影将笼罩友情
会带来烦恼和苦痛
相爱将失去证明
情侣将失去灵性
我们无论远隔千里万里
渴望被人相爱
又有所爱
用你的光辉消除我的寂寞
用你的柔情解除我的苦痛

月儿阿　快快升上来吧
你应当常挂太空　不要时升时沉
你应经常闪闪发光
不要时晴时阴
最好长圆
不要有圆有缺
用你的清辉
驱散云雾　普照人间
或者透过树林树叶
将光洒到我的身上
或者差遣月下老人
成全我们的婚姻
早日降临
给我送来幸福

月亮　我的嫦娥
月亮　我的神仙
自从你走入我的心中
我便失去了平静
像水面上的清风
吹皱一池春水
又似听了一支仙乐
荡起了我情感的波纹
要想抹去你的倩影
实在是没有可能
要忘掉心上的人
乃是白日做梦

痴　心

你轻捷的步伐总印在脑子里
那窈窕的身姿也灵动在视野里
爽朗的笑声始终在耳轮中回响
有趣的谈吐都记在心窝里
有你在身旁心情是多么明朗
若是少了你便觉得孤单
一日不见你像是丢了东西
三日未遇你便大起疑问

你如果高兴我总是喜欢
你若是悲伤我多么愁肠
你要是生气我多么痛楚
如果没有你我心绪不宁
若是离开你像是缺少光明
为什么有事没事总要来相伴相依
没有别的理由只觉得一颗心不能分离
为什么常想常念没有任何原因
总觉得身子牵在一处难舍难分

为什么总想生活在一处我也说不清楚
你的一半是我我的一个是你
缺少任何一半都不合逻辑
除了这些还是这些

你的微笑最迷人我不知道啥原因
你的声音悦我耳我不清楚为什么
你的一举一动我欢喜我不明白是何种风韵

你好像一只燕子我喜欢它绕我飞翔

你又似一只洁白的蝴蝶我盼它从身边经过

你恰如一株玫瑰花我喜欢闻到它的清香

究竟为什么我也说不清

到底啥原因何能道得明

你说奇不奇我疑怪不怪

困　惑

由于你的介入增添了个幽灵

我的学习生活多了一种成分

由于你的吹来好似开动了电风扇

使我周围的空气变了温度加快了流动

你似一只活泼的金鱼

使我平静的脑海顿起一圈圈波纹

由于你身影的出现

在我单纯的眼帘里多了一幅引人的画面

似乎要分散我的精力用于学习以外的事情

像是要占去一些时间从事新的生活内容

或者既登书山游学海又去阅春色赏风景

深造的机会多么难得失而复得如何能错过

山景海波固然美丽动人

怎么能动摇攀登的决心渡海的意志

纵然是浓情蜜意难割舍亦须千万回避奋力躲过

然而你的影子无法抹去你的妙音难以消除

我的厚意难撼难移情爱的波浪何能平静

古今中外多少豪杰谁躲过情天恨海的纠葛
想忘怎能忘欲避何能躲
缕缕情丝牵着你条条幽经引着我
终究是顺着丝儿沿着路儿走着走着

我自思自忖
是什么风将你吹到我身边
如果能够捕到这股风我将深表感谢
还要求它不要把我们吹散
又是什么水将我漂到你处
我愿驾着轻舟奋勇向前同舟共济
还要求它别将我们飘散

我又思绪万千
你我出自天南地北路遥千里
芸芸众生群芳之中
为何恰恰遇上你

为什么在一起时多么充实
分别之时总缺少什么
远离时刻刻思念日日夜夜何等漫长
孤单折磨煎熬硬是难过

归来时又惊又喜
似绵绵阴雨之后出了太阳
又像炎热酷暑中清风吹着真是爽快清凉
喜的是相会欢聚愁的是离别分散

一个漆黑夜晚

我俩行走在茫茫原野
突然狂风骤起大雨滂沱将你我打散

从此之后温馨的甜蜜相思的苦恼
牵肠挂肚磕磕碰碰
睡思梦想纠葛缠绕
口舌不停割不断理还乱

是偶然的相遇还是必然的规律
是生活的使然还是命运的安排
也许这就是爱情也许这就是相恋

我深深感到不能没有你
你是一个悬念总是挂在脑际
无论如何抹不去

你又是道数学题我不知公式在何处
不解你的窍门
苦思冥想算不出得数

你又像一个问号问号的前面是谜语
前思后想皆不是左右猜测不对路
谜底在何处

从晚上等到清晨从旭日东升盼到晚霞映红
由夏天等到秋天又从秋天等到冬天
又从皑皑白雪熬到阵阵春风

花　明

春暖花开鸟叫虫鸣
你终于点了头你到底应了口
抹去了我的悬念抚平了我的眉头
告诉我解题的公式回答我深奥的谜底
等号后面求出得数问号之后有了句号

提着的心落在了腹中吊着的胆回到原处
似压在肩上的担子挑到了目的地浑身一阵轻松
又像在闷热之际口干舌燥之中
送来一杯清凉的泉水清凉渗透全身
更似久久等待的亲人终于来到面前

我很少给你写信因为经常在一起
同样的原因你也难得写信
偶然的机会留一张纸条便不知是什么事情
急忙打开一看原来也是如此

一时不相见是何寂寞
恰似焦急中的等待
老是在一块仍觉得离不开
不论怎样称呼用何种词儿
都解得透悟得彻

一起体会那亲切共同品味着甜蜜
种种欣慰诸般快乐
尽在其中你我明白
我的心已被你占领

你是我胸中的主人

金黄的迎春花竞相开放随风摇曳摆个不停
似乎在为我们招手
是不是因为你点了头
一只洁白的蝴蝶绕过我们飞向花朵
像在赏花又似在起舞
莫不是由于你开了口

在酷暑闷热的焦急中苦苦等待
于萧瑟秋风枝残花谢里忍耐
又经大雪纷飞地冻天寒的磨难

眼巴巴即将毕业各奔东西南北
春天终于来了
东风送暖万物复苏
又是几只燕子时而蹿向空中
时而贴地飞行也许是为我们展示自由

在百花园里于鸟语花香中
你终于点了头你到底开了口
好不容易你我眉开眼笑了

思　念

寒假已到你返回老家
你像出手的风筝
将我手中的细绳拉得老高扯得很远
我将细绳牢牢抓住担心绳子拉断
生怕风筝有去无回

因为你瞬间变得很长
由于你咫尺似在天涯
假期是那样的漫长
牵着你我的风筝线儿似乎又细又脆

西北风劲吹寒气袭人
夜晚月亮惨白洒着寒光
白昼太阳躲在云层里不放光不温暖
寒假隔开了咱俩冬风吹散了你我
你飞南方归心似箭我的脸上疑云一片

等着寒假快快过去盼着你速速归来
时间好像冻结光阴似乎凝滞
严冬的寒气是那样冻人
严冬的黑夜格外漫长

回来吧快点回来吧
西北的天气寒冷但室内有暖气
这儿的草木虽少总会变得翠绿

这儿的天虽然少雨可天气是那样的晴朗
这儿虽然少雾云彩是何等的洁白
高高的天淡淡的云也是一种美景

混浊的黄河总会变清稀少的鱼儿会结队成群
荒山秃岭终会披上绿装鸟语花香定会出现
这儿的人民勤劳朴实
勤劳的双手会绘出锦绣山川

重 逢

你终于回来了
我不知道如何表示
我望着你你看着我

从你的眼神我看清了真情
爱情未变友谊依旧
相思之苦若有所现相会之喜跃然脸上

蓦地我发现
你更丰腴了愈美丽了
脸色更白了神采焕发了
越发楚楚动人

我本木讷是你给了我灵性
我原呆滞由于你我倍觉灵敏
你真是世间灵物可点拨一切
由于你我生出许多词儿
因为你我冒出几多佳句

世间什么妖艳能与你美丽可比
人间还有何物可比你对我的爱情
有多少金银能与你相比
什么奇珍异宝可与你等量齐观
你的美丽没法形容
你的真情无度可量
别时容易相见难

伴侣情

又一次体会了别离的苦楚

终于熬过了寒假的孤独迎来了相聚的欢欣

说不完的话语叙不完的别情

马路边是我们相会的幽境

寒冷压不住燃烧的激情

你恋着江南的水乡美景

你念着难会的同学亲人

惟盼有机会一路同行

月儿少不了阴晴圆缺

人啊总会有逢有别

春夏秋冬人生岁月

千里万里旅途生活

谁能保证常伴常依

斜阳残照

月儿未升寒气袭人

会面的激动兴奋了一夜

见面的情景一幕幕再现

你说的话儿千遍万遍总在脑际重复

想着你那眼睛一闪一闪的

你那眼睫毛一眨一眨的

夜已深　人已静

你的家庭家人你的经历你的学业

格外新鲜有趣

同伴的呼吸声又均又匀

临床的打鼾声又响又沉

像是伴奏的乐器和着我的思绪

还有那翻身的响动
梦呓的呢喃开门关门的声音
无不掺和着你的话语你的眼神
自思自忖半夜三更快快睡吧
可思绪是那样缠绵
心情哪能平静哪里能够入梦

你的事格外新鲜
总是牵着我的思路搅着我的情绪
无论如何割不断不管怎样摆不脱
此时此刻你是不是也和我一样
心静不下来思绪缠绵不断
如果是这样可就糟了
那不是我的心愿

睡吧踏踏实实睡吧
辗转反侧迷迷糊糊
好像是梦又心里明白
仿佛又是在相逢你在边想边说
南方的山青青的家乡的水绿绿的
鸟儿满天飞鱼虾满池塘
这儿啊山上没有草树上没有鸟
……

朦胧中睁眼一看早已天光大明
割不断的思绪品不尽的幽会味道
快快起床准备上课
问你睡得可好

春 游

一轮红日跳山东方喷射出万道金光
朵朵彩霞布在天边
我们尚未出门心啊早已上了山

大地处处勃勃生机
我们从滨河路向山顶攀登
拐弯抹角的盘山路
将我们向峰顶指引
枝繁叶茂的树林
伸开手臂夹道欢迎
迎春花丁香花种种花神
向我们飘溢出迷人的芳魂

碧绿的细草随风晃动
麻雀唧唧不停喜鹊喳喳唱鸣
采蜜的蜂儿嗡嗡有声几只蝴蝶忙个不迭
一切都与我们一样兴奋

我前面跑你后面跟
相互追逐交错攀登
爬到牡丹亭低头看黄龙
水势溶溶波光粼粼
浩浩荡荡向东滚动
拱桥飞架南北车水马龙行人
处处布好仙界个个点缀风景
鸟雀纷飞鸣唱人们我跑你追
天有情地有意更兼成对情侣

看一眼青山叠翠望一眼静白面容
你似草木丛中一朵花绿枝碧草护着你
花儿是多么芬芳人儿是何等的亮丽
山风送来几缕凉爽
你的眼波投来温馨
崇山峻岭巍峨高耸
你的美姿飒爽宜人
山间林中回声激越
你的歌喉何等清脆
山的绿意添我醉意
你的温柔激我深情

你围着树转我绕着树追
你在林荫处躲藏我在草丛中寻你
你悄无声息我嗅你气味
你虽然深藏密躲无定处
我却觅来全不费功夫
大自然赐我以仙境
你啊赠我以爱情
仙境令我陶醉蜜意使我感动
你激情滚动我热血沸腾
火热的青春美丽的人生

至 爱

我们的爱蕴藏着丰富宝藏
我们的爱具有强大的动力
我们俩顺着它走到了一块

按它的旨意生活在一起
我们带着爱的期望享受着美满和幸福
我们顺着爱的要求生根开花结果
为了爱我们行使着自己的权力
为了爱又都在尽着义务
由于爱困难面前无所畏惧
因为爱都在作出牺牲
为了这个爱我创造了好的业绩
为了我们的爱不断改造着自己
紧绷的弦嘈杂的声也曾扭曲过我们的爱
劫波过后又一起欢笑继续着爱的精彩纷呈
我们紧紧依靠着爱战胜了一个个艰难险阻
我们的爱无处不在无时不在
我们的爱常绿常青
带着爱走遍东西南北
爱随我们历经几十年岁月
爱的友谊留下本本相册
爱的印迹刻遍人生一切
为爱我们无愧无疚
为爱我们无悔无怨

贤 内 助

热爱生活处处向上邪气歪风不图不沾
围着锅台转过一日三餐
看报纸听广播从不间断
优秀的节目从不放过
好人好事倍加赞扬坏人坏事斥责批判
家庭卫生整洁优美

阳台阴台鸟语花香
精神爽快心情舒畅
光明磊落心地坦荡

儿子要吃你炒的苜蓿肉
女儿馋你的凉粉麻辣烫
孙子向你讨鸡大腿
儿媳念道婆婆的糖醋鱼
同学赞扬你的四川菜亲戚夸你不见外
油瓶子倒了我不扶
大事小事一把手说了算
三天听不到孙子的电话
你不是责问便是见怪
天伦之乐亲情冷暖
全摆在那亲昵甜蜜热火的唠叨里

我一心忙于公务勤于事业
而你又忙工作又操持家务
我东奔西跑于家不顾
而你里里外外疲于奔命
我事业有成职务屡迁屡升
你只埋头苦干不图权谋位
我代表会委员会抛头露面
而你却默默无闻平心静气
我一日三餐衣着边幅何曾过问
诸般琐事种种家务全由你张罗
出差出国生怕我钱不够吃不好
宁可东挪西凑也要多拿多带
为人小节无隙可击处事大节何曾稍亏

面对求我办事拉关系走后门
你总劝我秉公办事别徇私情
或遇奉礼品送红包者临门
你帮我好生相劝婉拒谢绝
事事深明大义处处晓以利害
助我一身正气督我清正廉洁
提醒我话虽丑理儿端
鼓励我身正何怕影子斜

良 母

孩儿没奶吃你奔商店
吃牛奶买不上求情托人
用尽了百计千方

孩儿一声哭
像牵着你的神经又钩着你的魂
揪着你的心万分疼惜万倍呵护

孩儿一声叫
便急急忙忙似疾风吹
如电光闪快往跟前跑

孩儿一有病
好似剜心哪管风狂雨骤
又像割肉何顾闪电雷轰
那个着急恰似针刺心疼
孩子找不到
你如失魂落魄恰似惊慌失措

像热锅上的蚂蚁东西南北到处找

自个有病反把孩儿想
那个心慌那个意乱
恨不得插上翅膀飞到孩儿身旁

孩子一阵高兴
看你那个喜欢
抚摸热吻　　那个亲昵
拥抱胳弄那个亲密
恨不得重新怀在腹中

孩子受了欺负
哪管他是上级下级何论他有钱有势
豁了出去据理力争

孩子急待帮助
你有一丝儿力反却要使十二分的劲
说破嘴　跪断腿
必要出尽吃奶的力气

孩子出了错动手打一顿
陪在一起反倒把错认
老牛舐犊何能比
母鸡喂雏不相称

早已脱离母体仍视为身上的骨肉
当掌上珠儿视胸中心肝
爱的最深疼的极切

担心忧虑数不清

自身病重情危暗自伤心垂泪

万一三长两短谁来养谁来疼

一事当前先替孩儿打算

是冷是热自己先试

是咸是甜本人先尝

将肝献出将心掏给

怕孩儿冰着烫着

恐儿女烦着腻着

严　师

为了儿女你想得很多很远很细

盼儿女学个好人望儿女满脑子知识

为了儿女集中精力时间学习

全部家务独自承担

时间再紧自己忙

再苦再累亲自干

何曾半句怨言

孩子贪玩做作业慌张粗心

别一个字难受错一道题疼心

摔了课本撕去作业

不图别的只图改正

有点小小进步无不欢欣鼓舞

鼓励这个奖励那个

口琴胡琴电子琴规格档次节节升

皆从自个嘴里抠身上省
不因别的只为长进

女儿出门你惦记儿行千里母担心
处处考虑刻刻思问
生怕危险唯恐饥渴乏困
万事要小心不要轻信人
要多一个心眼且长一分警惕
千叮咛万嘱咐何曾少一句
日夜思念几时消停片刻

对儿女仅怀一腔深情
耕耘不辍只望你过得比我好
一丝一缕牵连着儿女一言一行
一点一滴通着儿女心跳脉动
未生过孩子的人
何曾体会过慈母的心情
做了父母的人
可比得上老母的良心人品

小　桥

你像座畅通各方的天桥
使我经过它通向新的领域
由于你我建立了家庭
开辟了一个新的生活天地
由于你我结识了你的亲朋
从而也得到他们的温馨
因为你我的家族增加了新的成员

给家乡带来新的欢乐和幸福
还因为你生育了一个个儿女
使我们的生活丰富多彩充满生机
你分裂出一个个新的生命
又组织起一个个社会细胞
通过他们将触角伸向四面八方
参与到东西南北祖国的各个方位
你是爱的肥田沃土孕育出一棵棵鲜花硕果
你是生命的源泉繁衍出新的文化精神
由于你生活便是一切
因为你美好便是所有

曲　线

我发现了两条并行的曲线
我在回忆这两条线的来历
我在思考其之间并行的原因
我在解读这两条曲线的机理

这两条并行的曲线是偶然发现的
是在侧目时发现的发现它是对称的
顶部弧线相连底部是平行直线相接
那是三点一线中的一点
黎明对着亮看见了她
晚上对着灯光瞧见了她
对着月光有时也能看见她
对着夕阳还能看到她

我在回忆两条曲线的来历

她最初时的情形我不得而知
但从扎有小辫子的女孩身上得到启迪
两条线构成一个修长美丽的形体
配合得天然合理

她早期的线体
与初期相比
前面的线的上部高高隆起
后面的线的中下部略为突出
立体感强挺拔有力
形成一座美丽的雕塑

我又回忆她的中期
前面的上部进一步隆起
中间明显突出
似乎向前拐了个弯
而后面的中部则凹了进去
好像改变了她往日的丰采美丽
但并没有失去曲线的丰采
不久以后
前面凸出部不再鼓起
又恢复了昔日的曲度
不论是在鼓起时还是在挺直时
都丰满协调别有韵味

这两条线的曲度又有演变
中间距离有时窄
而有时又宽
但始终对称协调

如影随形
不曾须臾分离脱节

后来两条曲线都弯成弓形
并多了一条线
连接顶部和底部
恰似一张弓弦
对了形成一把完整的弓

我终于读懂了这两条线的机理
线条在微微弯曲时是苗条的美
线条间曲度较宽时是丰采的美
线条间变宽鼓起时仍不失其美
线条间恢复原距离时又是丰满富态的美
而在都形成弓形时虽然失去苗条
少了富态与丰采
却奏出了悦耳动听的曲调
——夕阳美

美　神

你喜欢养花护草连盆带土购回家中
一举一动一挫一顿担心碰着蓓蕾花瓣
一盆盆的复苏养活一朵朵的结蕾开花
绽放斗艳芬芳四溢便是花的最好报答

橡皮树叶子似你的厚道大方
春玉的舒展恰像你的无拘无束
吊兰洁净清新是你气质风度的再现

凤尾竹的飘逸潇洒若你的婀娜多姿

你的洁白无瑕多么像茉莉花
你的孜孜不倦恰似枝繁叶茂的海棠
你精神感人动人犹如米兰清香四溢
你高雅的气质
仿佛是君子兰的雍容华贵

傲霜耐寒的秋菊多像你不畏威胁利诱的品格
晶莹的石榴恰似你言而有信的品行
守信守时的月季是你说到做到的言行
相思鸟的鸣唱便是你直言快语的风格

最美丽的花是你的心花
她丝丝连着花株缕缕通着花芯
最深的情是你的情情感寸草情动花神
引出了花的美丽道出了花的芬芳
花上有你的影子你有花的清香

火 与 情

火啊火又热又明
远处的火吓人近处的火烤人
眼前的火烧人冒烟的火熏人
它烧开的水烫人火烧火燎急人
刚烈的性格会碰人火爆的脾气易伤人

一日夫妻百日恩
百日夫妻千万情

爱也是情恨也是情

疼也是情气也是情

多一份误会会减一些友情

多一个堵塞便少一些柔情

多一些温柔少一些火性

多一分理解少一些误会

多一分真情少一些纷争

多一些笑颜少一些怒气

相依为命度好最后一程

精　神

蹦蹦跳跳中长大成人

欢歌笑语中迎来人生

挑千斤重担不曾畏难怯懦

遇千难万险何曾悲观丧气

那钟情几十年恩爱不减

那神态天塌下来不弯腰

那意志地陷下去不惊慌

纷乱之中六神有主

迷茫之际方向最清

病痛苦难堪折磨眉开眼笑不变色

像一棵郁郁葱葱的常青树

似一株亭亭玉立的水芙蓉

原来你凭的是通达乐观意

活的是坚强意志与精神

老 伴

情切切意绵绵

身依依丝连连

睡中思梦里想

今生今世难扯断

纵然是地久天长魂缠绕

奈何人生苦短难相伴

此情此意怎个了断

最悔最恨人生不能重复

最伤最疼欠账来不及补偿

相 片

初见你时神秘得像一个玉瓶

认识你时甜蜜像是一粒樱桃

理解以后是心爱的是一朵鲜花

分别之时想念像是中秋的月亮

你病难中是心疼的霜降之后的碧草

衰老之后是珍惜的秋冬之季的菊花

回首往事是快乐的难回到过去的路上

美好人生是短暂的我在参观一个花园

我好像在做梦又似幽会的一瞬间

冰 玉 质

你的人品如当空的皓月

像雪一样洁白似冰那般明净

像喷泉般清澈似水晶一般透明

你的精神犹如太阳
旭日东升将阳光洒满大地
夕阳落山热量留在人间

你的为人与时间一样亘古不变
不管春夏秋冬阴雨晴
一天都是二十四个钟点

你的心像火炉上的茶壶
似火炭又热又红
人在时茶水滚烫
客走了茶仍不凉

你的脾气缺少弹性
更似甘蔗宁折不弯
你的性格不像水性
倒似火柴一擦就着

你的细胞富有活力
又含艺术对美的追求格外强烈
你待人处事不含混马虎
亦不虚于应付倒是最讲认真

你的行止冰清玉洁
光明磊落像明亮的眼睛
容不得半粒沙尘

你的气质似玻璃般透明

又像冰雪纯洁却脆而不坚
这等透明干脆的品格
怎适应沙尘暴的袭击
如何经得住恶浪滚滚的冲撞
怎容得黑白混淆如何习惯本末倒置
人与妖何能同处真理与谬误岂能相容

不是竞技场上的运动健将
也非是烈火炼出的金刚
哪里是激流险滩上的顽石
又岂是铁砧上的配件
如何经得住烘烧捶打

做践得萌芽枯萎践踏的碧丝发黄
摧拉得枝折花残打得那瓷破玉碎
落下了一身病疼
精神的打击多么的沉重

你只有一个残胃
你比旁人少一个肾
你没有了胆囊
但你有一颗健全的心
仍在为亲人为祖国人民跳动

你容颜憔悴
但不失美丽的形象
你体弱多病
但有顽强不屈的精神
你五脏六腑不全

仍具有完美的气质人品
你是探测风雨阴晴的气球
你是衡量世态炎凉的温度计
你是检验人情冷暖的镜子
你是测医德医术的最佳仪器
你又是检验社会公德的试金石

通过你可测世态炎凉
从你身上可量人情冷暖
在你那里能度医风医术
用你的眼可观霜雪云雾
拿你言行可鉴道德人品

同 命 运

我们是一根藤上的瓜要苦皆苦要甜都甜
又是一把伞下的旅客日晒雨淋共炎凉
我们又坐在一条船上狂风共吹你我
在那沙尘蔽日的年代我们的眼睛似乎都迷茫
在那乌云遮月的时光你我一同惆怅
在我的身上能看到你的影子
于你的脸上可瞧到我的景况
我衣服破旧邋遢你肯定处境艰难
你若红眉泪眼我必是精神欠佳

日月在轮替
地球照样旋转
幼小的生命那管人世纷乱
成双成对出生

拉去我的衣分去你的饭

下农场上干校
儿女送往老家一家分为三处
孩子哭着叫妈妈泪水在你脸上扑洒
挂肚牵肠将你的青春消磨
紧绷的斗争之弦把你的容光减煞
一幅瘦弱的身子挑着工作家务两副重担
左手抱着幼小的女儿
右手牵着学步的儿子
千斤重负未压弯我们的腰
烟障迷雾难迷住我们的眼
遮月的乌云终就散去
蔽日的沙尘终于落地
纵然是拮据艰难的日子终有了出头
既就是霜雪染得满头白发
风刀刻下一脸皱纹
我们新的生命闪着希望的光芒
充满生机的身体装载着我们的希望
如同他们的出生一样无遮无拦地长大
当风和日丽之时皓月当空之际
他们会扬帆远航
或者驾着银鹰翱翔于万里长空

我偶然发现你头上有了银丝
不由使我想起你曾茂密而乌黑的秀发
我又看见你前额的细纹
这是工作的操劳也是岁月的煎熬
我又发现你步履蹒跚爬楼的艰难

曾几何时我们曾同登北峰共爬南山
你身手是多么轻灵动作是何等的爽利
是病疼耗去了你的青春
是儿女的抚育耗损了你的筋骨
心中由然滋生
惋惜之情怜爱之疼

有天便有地
日月恰如情侣
有树就有藤
相依相扶难以分离
没有花算什么春天没有爱何成人间
缺了爱是多么痛苦没有你是何等孤独
没有你美丽窈窕的形象
没有你的声音我是多么的寂寞
你的笑声歌声给我带来多少欢乐
对你的爱称谁能数得清楚
对你的夸奖何人可说得齐全
你的深情似缠缠绵绵的丝缕
你的蜜意如枝繁叶茂的大树
在那无垠的高山峡谷
何曾见形单影只的马儿
于那广袤的原野草地
谁曾见孤独的蝴蝶
宇宙万物无不是成双成对
天地之间莫不是相依相附
亘古人类无不是男男女女
双双情侣莫不是相亲相爱
是荣是辱都皆欢欣凄苦

是惊是喜何曾孤独承受

劳累困顿总是你担我扛
酸甜苦辣都是滋味共尝
命运的风浪将你我推到黄土高原
东风使者告诉你我相互的信息
似花草接受着阳光雨露
又像那树木经历狂风冰雪
几经欢乐又几度折磨
你是我的一半我是你的一半
缺了一半何能生活
少了痛爱哪有生命

共 患 难

我重病在身住院开刀
你好言相劝宽心鼓励
而背着我却担惊受怕暗暗垂泪
你强撑着病弱的身子久久守候在我病榻边
又早出晚归买鱼买鸭鸡汤鱼汁不断
冷热咸淡你亲口尝
一汤一匙你亲手喂
枕头高低你细心调整
被角宽严则款款掖着
绷紧的额头你慢慢地抚摸
凝缩的眉头你轻轻地抚平
又帮我翻身起卧何顾你精疲力竭
又代我洗脸洗脚那计较又脏又污

不扇扇子担心我热着
要扇扇子生怕我凉着
动作轻些轻些再轻些
速度慢些慢些再慢些
你守候在我枕边
又怕碍着我如捉迷藏
呼吸微微儿的

办理生活杂务担心干扰着我
动作似猫行一般慢些慢些再慢些
最是那难忍的咳嗽生怕惊着我
千方百计忍啊忍啊又忍

赤日炎炎热浪滚滚
日复一日月复一月
互伴互助难分难舍
甜蜜欢乐的情侣何其少
患难相扶久久厮守者未必多

你的一言一行牵引着我的思绪
你的一举一动使我感想良多
你背井离乡走出风景如画的江南
远走高飞来到干旱荒凉的西北

你情切切意迟迟
三步一回头五步一停留
抛下亲人搁下乡亲
你才自清高容貌出众
说媒的求婚的何其多

唯独钟情于我

你爱情专一从不朝三暮四

你金玉良言妙语即出话口不改

何曾看花了眼睛

你委身于我

命运与共甘苦同受

你奉献的甚众

我欠你的太多

自你嫁于我

家务拖累儿女拉扯

经济窘困牵肠挂肚

干系难脱

给你说媒的或许比我好

向你求婚的可能比我强

要是嫁了他可能更美好

我难道无愧于说媒的吗

我是否有负于求婚的呢

我的责任尽到了吗

喜欢你的人很多

亲吻你的只有我一个

为了我累坏了你

为了我酸甜苦辣都尝过

遇上你是我的荣幸

若说你爱上我似乎为过

要说你爱我值得也许很难说

要说谢谢你是远远不够

要说感激你似乎见外多余
真可谓美中不足从来如此
仅仅说一句祝你快乐

有机会我要使你舒坦些
有可能我要让你幸福些
有条件必须使你安逸些
尽心意必让你轻松些
倾全力使你宽余些

然而一切愿望行将落空
给我一次机会吧
不是为了我实是为了她
让我尽一份丈夫的责任
务必让我还了这份深情
兑现这个心愿尽一尽好心
圆一个好梦成全一腔好意
好使我在停止心跳时
闭上眼睛

缘 和 情

你生在江南
我生在西北
相隔几千里
为何一块儿过
是命运的安排
还是生活的巧合
是偶然的原因

还是必然的规律
是为了增加点什么
还是生浪花起风波
是为了合唱协奏
还是为了锉锯刮锅

前缘生就了你我今世铸就了情分
日月使我俩相遇
地域将你我拉近
共同的目标召唤在一起
一样的志向聚到了一处
谁料到天南地北山高水长
有缘千里竟然相会
声息相通成为知音
至纯至诚结为婚姻
人生最疼莫过于生死
人生最苦不外乎别离
固不能同年同月同日生
亦难于同年同月同日归

人生啊爱情啊
金银岂能变换
道理何能说清
最忌讳那亵渎辜负
极讲究关爱珍惜
我的心换了你的心
你的情结了我的情
两颗心会成一个心
两股情拧成一股情

心心相印情情相凝

人世间没有真正的默契
只有相通的心纯洁的情
人世间没有不变的心不变的情
只有珍惜的心珍惜的情
两心紧贴其情永热

女　性

你是你爹妈的好女儿
亦是你哥嫂的好妹妹
又做了我的知心朋友
委身与我成为贤妻
生养了一个个儿女
又成为他们的良母
我的成就只有我的一半
其余的全是你的

书上没有你的名字
却有你的心意
奖状上没有你的姓氏
但有你的努力
颁奖台上不见你的影子
却有你的成绩
家里的天你独撑
邻里的天你帮着顶
大家为什么与你最亲近
那是对你撑天艰辛的奖励

生活上由你操劳
需检点的你给提醒
甜蜜的时光一块兴奋
紧巴巴的日子你节我省
担惊受怕时共同承受
病痛之中患难与共
喜庆事儿相互祝贺
公园里你跑我追
人家说我大难不死
我说有贤妻的功绩
亲朋问我难关如何度过
我说是老伴鼎力相助
风风雨雨几十个春秋
白发皱纹都上了头
一样都为工作奔波
额外你承担更多家务
与你相恋无怨无悔
结为伉俪此生足矣
我为我幸运
我为你骄傲
我为你黄泉下的父母欣慰
我为你亲戚朋友高兴
我骄傲伟大的祖国
有千千万万你这样的女儿
我自豪伟大的祖国
有数不尽你这样的妻子

人 生 悟

之一

人生恰是一段路
长短顺逆皆迈步
平坦大道岂是少
坎坷曲折有的是
爬上高坡又下坡
绕过弯道走捷路
可要小心岔道口
还得注意盘陀路
时时抬头望目标
随处留心脚下路
来路蓦然回首看
继续前行莫停步
死胡同里行不通
十字街头也徘徊
阳光大道人人走
独木小桥也得过
陆上水里与空中
车船飞机也为路
风霜雨雪少停留
跌倒爬起继续行
沙尘打眼莫迷路

辨清方向再迈步
山穷水尽勿惊慌
柳暗花明亦有时
悬崖绝壁难避免
茫茫戈壁也会遇
饥餐渴饮蓄锐气
劳逸张弛总相宜
鼻子下面有张嘴
毕恭毕敬勤问路
稳稳踩牢每只脚
安宁顺风每段路

之二

人生又似一河水
从雪域高山上流出
经历那陡峰峡谷
又遇上悬崖绝壁
不得不飞流直下
被摔得粉身碎骨
走入茫茫草原
步上块块阡陌
风平浪静的湖面
转眼又是暴风骤雨
狂风掀起了惊天恶浪
巨石又激起滚滚波涛
一路清水浊水汇入里面
沿途泥沙土石裹挟其中
咸淡油腻污秽皆尝

磕碰顺逆宽狭都受

白天黑夜不停流动

阴晴炎凉一一体会

有时日丽天和风清

有时环境险恶乌云密布

历历目目流入湖泊

几经周折流向大洋大海

陆地不挽又不留

走完它的整个历程

是利是害心里完全明白

是善是恶任旁边万物评说

之三

人生又是一首歌

唱了山歌唱水歌

唱了情歌唱爱歌

唱了悲歌唱喜歌

昨日还唱信天游

今天却唱秦腔狮子吼

牧羊歌砍柴歌

筑路号子售货吆喝

你唱你的阳春白雪

我唱我的下里巴人

一梦醒来开始唱

一唱唱到太阳落

唱得情人成眷属

唱得乌发满头白

大人唱了小孩唱

男人女人混合唱
有时会演交响乐
有时又是二重唱
青出于蓝胜于蓝
雏风声清于老风声
唱不尽心中无限事
唱不完离合悲欢情

之四

人生又是一首诗
言志抒情古今是
叙不尽世上无限事
抒不完人间几多情
作了旧诗写新诗
格律诗后自由诗
诗即是歌歌即是诗
借物抒情情无限
高风亮节诗言志
盛唐佳句我朗诵
弱宋愤怒同声悲
盛情震怒由诗发
抚今追昔感慨出
细微之处见精神
佳句妙语把我喻
映衬相对印象深
烘托渲染陶我情
反复强调题旨明
善用典故韵味精

民歌快板也为诗
易记易唱易传颂
故人作诗我叹声
古今情理一脉通

之五

人生又是一场戏
男女老少都参与
帝王将相老百姓
生旦净丑各角色
尽演人间悲欢事
矛盾冲突高潮起
假作真时真演戏
抑恶扬善我也乐
如泣如诉我垂泪
酸甜苦辣我皆尝
鞭笞贪官污吏事
褒扬清白刚直人
赤橙黄绿青蓝紫
喜怒哀乐忧伤悲
头上帽子身上衣
移风易俗跟时势
疯子台上大演戏
观戏你我皆呆子
你方唱罢我登场
整本折子样样俱
真假有无心有数
激浊扬清乃常理

正面人物由我演
反面角色我也扮
主角配角轮着演
扮了孙子扮爷爷
别人演戏我来看
我的角色任评说

之六

人生又是一本书
无字的书和有字的书
各色各样的图画形象
酸甜苦麻辣各种滋味
有团聚的欢乐喜悦
有别离的悲痛凄楚
时而是男女之间的温情脉脉
时而又是严酷无情的现实
或者是沙尘雾气一团迷茫
或者是天高云淡
风和日丽风清
不时遇着一道道帐幔遮着的谜语
不久又是明若灯火恍然大悟
内有神奇的故事和传说
也有吃饭睡觉干活的琐事重复
或遇哭笑不得的尴尬难堪
也有开怀畅饮的快乐时候
有时挫折接踵而来
有时又如愿以偿
舒心吐气好事临门

欲求真善美

偏逢假恶丑

应念好生活这本书

该读完它的每一页

因为每一页都有烦恼

也包含着幸福

该铺开生活的地图

定好出发的方位

确立到达的目的地

或者打开生活的油盐酱醋

因为尝得越多

生活越不乏味

还要向生活学习生活

那是一座

无穷无尽的知识宝库

或者容于大众中

与他们同甘苦共欢乐

最好投入工作和劳动中

它与生活最亲

与生命最近

苦在其中乐在其中

热爱生活拥抱生活

生活爱

音

在生活的天地里
于命运的道路上
最难的是认识自己
最怕的是自个不争气

总有灵魂的盲区
未被自己认识
亦有致命的弱点
往往纠缠住自己

或者是固执的脾气
亦或是个人的好恶
或者是哥儿们义气
抑或是缺乏性格

最糟糕的是
自以为了不起
最坏的是
破罐子破摔

如果立于不败之地
任何坎坷奈何不得

倘若自己不倒下去
任何艰险难不倒我

对照仁人贤哲
吾日三省吾身
解剖自己
严于解剖别人

不要做自己心灵的盲人
应洞悉心灵的每个角落
别被习性好恶缠住自己
务要快刀斩乱麻般利索

知己者聪胜己者强
完全把握自己
做到百炼成钢

向 前 走

地球绕太阳运行
月亮围地球旋转
岁月哪能回头
人生谁曾重来
过去的一分钟都是历史
将到的一刹那也是今后
以往的路弯弯曲曲
前头的路莽莽苍苍
春花秋月东逝水
人生只能朝前走

幼儿拉手进托儿所
学童结伴上学去
青年成群闯未来
男女结伴把路走
可以回头往后看
务必继续往前行
有盐同咸有糖同甜

也许处处坎坷曲折
或者征途荆棘丛生
回头没有出路
半途而废不是主义
要开拓进取永远向前走
历史不允许倒退
生命不让你停止行动
前进总有出路
开拓便有新域
哪怕风霜雨雪
炸雷闪电惊天地
心想事成不放弃
理想追求志不移

虽是秧苗细小
自有个春华秋实
图着个喜气洋洋处处是
盼着那人寿年丰岁岁有
无论人生怎样曲折
明天终比今天美好
纵然是风狂雨骤下冰雹

终会有风平浪静祥和日
昂首挺胸迎接明天
展开双臂拥抱生活
乘着锦绣流水年华
迈开双腿开拓未来

将 进 酒

改革开放闯新路
你我共饮友谊酒
曲折坎坷路难行
敬你一杯鼓劲酒
科教大厦要开工
咱们互敬奠基酒
风口浪尖风险大
敬你一杯壮胆酒
越过险滩步坦途
咱们共饮庆功酒

梦 中 景

睡梦中
我似登上高高的山巅
摘了朵棉花似的白云
擦着脸庞
真是又绵又软

又像跨着弯弯月亮
并伸手摸着星星

又光又亮
甚是好玩
好像是个气球

霎时却又在冲浪
一阵在波涛谷底
忽而又在风口浪尖
上下翻滚旋转
实在又惊又险

好像在腾云驾雾
又恰在谜团里面
真不知在何境地
迷惑之间天光大亮

及 格

人生亦如学功课
一个甲子乃及格
七十八十古来稀
长寿富贵固然好
只图亮节清风乐

知 足

我沧海一滴
或红尘一粒
本林中一株小树
实绿野一缕碧丝

亦空气中一个分子

只芸芸众生之一员

不值得一提

又何必挂齿

浑身一百多斤

能压多少秤砣

身高一米七〇

可顶多大天宇

躺下一个床铺

仅占两平方米

一张口能喝几瓶饮料

一个胃可装几两饭食

一副骨头的架子

能戴几顶帽子

一副皮囊可穿几多衣服

最多活七老八十

充其量可消费几多钱物

力微才薄

不曾创造什么财富

愚笨憨拙

不曾赚得些许钱物

天塌下来

大有众人撑持

地陷下去

多的是物料土石

贤才俊颜无计其数

大智大勇车载斗量

大贤大德屈指可数

平庸之辈多如牛毛

我貌不出众才不惊人
庸庸碌碌满街皆是
其中生老病残何人知道
天灾人祸半路夭折
谁能统计

喜怒哀乐忧惧欲
几多愁丝恨缕
饥渴劳累困顿
屡屡何曾稀奇
那富贵
生不带来宝物
死不带去货币
若论积蓄
吃穿医病之后
所剩寥寥无几
我有幸来到人世
于人民索取不少
给社会奉献不多
历经几十个春秋
转了一圈无怨无悔

宽　容

我宽容婴儿的哭啼
初到人间
如何不来一声清脆
向世人宣告
我宽容幼儿的吵吵闹闹

似一群小鸟叽叽喳喳
比那嗓音的高低
赛那节奏的快慢

我宽容少年的嬉戏打闹
那是进入社会的前奏
又是正式人生的演习
怎么能一开始便一本正经

我宽容青年的眉来眼去
在人群中逞能斗巧
于异性前表现自己
那是天然的合情合理

我宽容壮年人失职跌跤
在商场上竞逐
于河水中游泳
快速的惯性何能不差分秒

我宽容老人的愚顽固执
几十年形成的思路
旧模具套就的习性
顽而不固缺乏弹性
脆而不坚哪有韧性

凡此种种皆是天理
一件一件合乎人情
差强人意悖情悖理

牛　劲

缘是前世憨笨
难似骏马奔腾
脾性又倔又犟
生就苦累之命
全力服务人世
硬是无悔无恨
双眼圆睁突出
双角奋力前顶
筋肉块块鼓起
毛发根根倒竖
前腿拼命扒地
后蹄使劲踩蹬
尾巴先垂后扬
左右保持平衡
自知夕阳苦短
奋蹄拼搏前行

品　人　生

壮丽之人生在拼搏兮
虽荆棘重重我竭尽所能奋斗不息

丰富多彩的人生难免坎坷
纵然曲折我探求不停

快乐的人生乃无私奉献

为此将不遗余力

现实之人生不无缺憾
我仍时时处处参与其中

悲壮的人生需牺牲献身
纵冒生命危险我万死不辞

效力祖国乃人生荣幸
愿竭尽全力

为人民服务乃我的光彩
务必全心全意

敬业于集体之生存发展
宁愿一丝不苟

今人栽树后人纳凉
情愿做园丁一世

今人打井而后人甘甜
我心甘情愿吃苦受累

随波逐流虽逍遥自在
我宁愿不屑一顾

平淡之人生虽乏味兮
我不舍不弃枯燥

索取的人生实乃渺小
我宁愿守贫则手不伸心不想

乞求的人生确实可怜兮
我昂首远眺漠然视之

庸庸碌碌之人生太苍白
我深感羞耻

开拓进取难免挫折失败
我面对险难峭壁无所畏惧

无惊无险可谓平安
而我却味同嚼蜡

浑浑噩噩虽悠闲自在
于我却心不称意不适

虽说水至清无鱼
我不同流合污

高雅和者盖寡
我宁愿寡而不俗

知足者常乐
于金钱美女权力地位无求

宽以待人虽白玉有瑕
必不求全责备

严于律己
宁可人负我绝不我负人

生命的真谛乃至纯至诚
遭厄运处逆境不失其本分

生死贫富任由之
可贵的是一颗洁白透亮的心

真善美
莫以细小而不为

假恶丑
勿以人不知而行之

鸡鸭为争食而竞逐
志士仁人以有为而奋斗

生活的理想乃理想的生活
我坚信不疑追求不息

走一步路脚印一双
人走影消暗香留下一缕

是顺风是逆风
我仍要走我的路

或沉沦或浮起

难消我的气节

人生如日月穿梭
务必珍惜分分秒秒

大智大勇我无法比
且不失一孔之见
不误一功之篑

大贤大德我浑不如
每言务避谬误
每举贵在行动

几十年光阴如梭
忽隐忽现
蓦然回首无怨无悔

行茫茫万里路
我心磊落坦荡

意　义

你童年的嫩叶
可曾油绿闪亮
你少年的时光
是否有志于明天的飞翔
你青春的年华
可曾争奇斗艳
在年富力强之时

能否把美丽的风采展现

在那姹紫嫣红之后

你还能金菊傲霜

硕果飘香

走过的路

可曾留下一串串脚印

那岁月年轮的光盘

是否有悦耳的歌声

在漫长的人生中

能否看到闪光的亮点

在人世上的这一回

绕得是否圆满

发　问

面对母亲的殷切目光

你可曾给她带来希望

当着老师的谆谆教导

你是否扛起了一丝丝的寄托

在单位的那片园地里

是否像一棵小草泛出绿意

在民族的百花园中

你可否开出一朵小花

神州的茫茫森林里

你是否植过一棵小树

在滚滚奔流的江河中

是否洒过你的一滴汗水

在祖国的湖泊海洋里

你是否充当着一个水分子

社会主义现代化的大厦上
你可曾添过一砖一瓦
在祖国光辉灿烂的项链上
你是一颗珍珠还是一根丝线
你来到社会里
是为了享受索取还是为了添点什么
你来到人世上
是为了他人还是仅仅为了自己
对前进的历史车轮
你是铺路石
还是绊脚石
请看一看想一想
你的意义你的价值

活　法

棉麻丝绸杂牌都穿
清淡粗细肥腻不嫌
能进入梦乡啥床都行
同志们喜欢我高兴
平民们生气我共怒
神州富强繁荣我兴奋
国家有灾遇难我心痛
处处歌舞升平我欢欣
遇歪风邪气则气不平
平生不求富贵荣耀
虽清贫俭朴亦乐道
惯于娱乐玩耍中生活
喜欢平心静气中度日

常打个颠倒看人
好正大光明做事
愿冰清玉洁般为人
恶黑白混淆本末倒置之行
似爬山者一样奋斗
喜淘金者那般学习
愿尝开拓创新的滋味
习惯于清醒中做梦
讨厌青蛙般鸣叫
只顾默默无闻中生活

遐 想

我羡慕兽中之王狮子
一声怒吼百兽皆惊
雷厉风行林木震动
那是何等雄壮
哪个英雄这般威风
谁的壮行似这般凶猛

我仰慕鸟中之王凤凰
其羽毛无比美丽
那声音何等动听
但从不曾见过其美丽的形体
也未耳闻听其歌唱和鸣

如果攀上月亮
去玉皇大帝的天宫看一下文物
过一下天上的日月

或在广寒宫观一下嫦娥的生活
暂时抛却人间世界
体会一下天堂的快乐

要是乘上神舟号飞船
旅行在太空世界
遨游茫茫苍天
将地球引力摆脱
随意自由行走
该是多么逍遥自在

或像鸿雁那样
或高或低忽快忽慢
纵情穿行自由盘旋
无论东西南北

哪怕酷暑严寒
不管风狂雨骤
何惧雷鸣电闪
飞行便是活着
活着便要飞翔

然而前缘造就
命运舛误
看不到凤凰的美丽
听不见鸟王的悦耳
缺乏狮子的嗓门
更无兽王的威武

命运注定
芸芸众生中的一员
滚动于红尘之中
既不出类亦不拔萃
多么俗气多么平凡

还是站在地平线上思考
与人民大众一起生活
不要想入非非
抛开美丽的传说
把握住命运的咽喉
一举一动造福百姓

争　气

人的这口气
无滋无味
看不见摸不着

人的这口气
真宝贵
一分一秒停不得

人的这口气
最讲究顺气
千万别窒息

人的这口气
最追求扬眉吐气

最忌讳晦气

人的这口气
最要紧的是争气
无论如何别垂头丧气

为前程　为命运
硬着头皮要争这口气

为亲戚　为朋友
千方百计要争这口气

为集体　为单位
豁出命来要争这口气

为祖国　为人民
鞠躬尽瘁要争这口气

梦

一幕幕电影
闪现在枕边
喜怒哀乐一张张脸
纵横高低一座座山
挡住去路
爬来爬去登不到顶上

一张张画面
在脑际回旋

弯弯曲曲一道道溪流
波涛翻滚一条条江河
统统都在脚下淌
冰得我双脚透心凉

风和日丽好天气
尽在眼前晃荡
一缕缕月光洒进房间
又恰似太阳照在脸上
只觉得暖洋洋
刺得我睁不开眼

七彩长虹像大门
阳光大道往里伸
车水马龙挤满大道
里里外外铺金洒银
我欲要迈步无处搁脚
只好奋勇往前冲

日日思　夜夜梦
跋山涉水向前进
艰难险阻我无所畏惧
陆海空中任我行
图的是繁荣富强
寻的是民主文明

光　阴

时光不会倒流
人生何能重来
谁不盼潇洒翩翩
谁不想灿烂风采
谁不做美好甜梦
谁不图青春常在
哪里有不老的红颜
不过是异想天开
只有珍惜光阴抓住机遇
扼住命运的咽喉
把握好眨眼瞬息
电光一闪飞跃攀登
白驹过隙一跃而过
此时不搏何时搏
因为人生不能重来

红　与　绿

红灯停　绿灯行
铁的规则须遵循
车水马龙一个劲
东西南北交叉行
来往行人急匆匆
横穿马路多留神
斑马线上亦谨慎
生死安全自操心
千万不要寄托人

高速运行有惯性
意外情况总是有
时时刻刻莫放松
四面八方皆人车
左顾右盼莫分神
红灯莫要闯
绿灯瞧得真
宁等两分钟
莫要抢一分
注意力　特集中
亦步亦趋须谨慎
看准机会马上过
犹豫不决误事情
若是疏忽又大意
人生悲剧会发生

生　活

为让生活更加美好
须造蓝天青山碧水
要让生活更有意义
务使春满人间大地
若让生活富有价值
奉献拼搏创造壮丽
希图生活富有诗意
那就与人友好相处
欲求生活幸福快乐
随遇而安心满意足
为了理想美好生活

坚韧执着努力争取

味

匆匆赶路饥肠辘辘
中途暂歇方便填充肠胃
咀嚼拼盘冷菜津津有味
几杯佳酿边吃边喝正对味
几个热菜确是地方风味
大碗酸汤面大吃大嚼真够味
主食过后是灌浆
一盆麻辣汤原汁原味
餐桌上路人闲聊说了贴心话
恰恰钻人心窝对气味
录音机放出一腔余音绕梁曲
兴奋神经真有韵味
吃饱喝足又是一杯地道龙井
清香爽口不曾串味
一下子改变了麻辣油腥味
精神倍增真够味
仔细评品这顿饭菜
经济实惠值得回味

人 间 情

修 路 者

美妙的山谷交响曲
好一幅战天斗地宏图
每在洗脚时摸到腿上的伤疤
便想起那山谷中筑路的往事
那条路从县城开头
通过平原延伸到山谷
沿着响水河
一直通到煤矿里

我们这支修路的队伍
在山谷中风餐露宿战天斗地
逢山开路　遇水搭桥
取高垫低　裁弯取直
铁锤打钢钎叮叮当当
放炮炸山炮声隆隆
河水击石撞山发出轰鸣
打夯声紧似一声
劳动者的呐喊声此起彼伏
响成一片冲山震谷

轮到我打炮眼
我攀登上去站在半山腰

抬头远眺近看

像立在云雾之中

我双手紧握铁锤站立

我的搭档牢攥钢钎蹲在对面

抡起铁锤叮叮当当砸向钢钎

每打一锤搭档将钢钎往里捅转一下

铁锤打个不停

钢钎转个不止

钎子渐渐地打到炮眼里去

短钎子换成长钎子

我越打越快

钎子捅得越来越迅速

忽然用力过猛重心转移

双脚脱离立足点

整个身体回荡在半山中

幸好绳子系着腰部

搭档失声大叫

我手中的铁锤落在地上

我顺着绳子溜下去

捡起铁锤继续抡起来

又一个炮眼打到一米多深

钢钎的顶端已被铁锤打开了花

逐渐向下弯卷

似一朵绽开的菊花

钢钎上崩下的铁片

击中了腿的下部

顿时鲜血直流

染红了鞋染红了脚下的石头

下山后由我的房东
一位藏族姑娘
给我做了简单的包扎
未伤筋骨不影响行动
又继续投入工地抡起了铁锤
我的一个同伴
被炸山的石头砸废了腿
又一个同伴
为排除哑炮牺牲了生命

路修通了
货车客车来来往往
将矿区的煤运到城里
又把粮油肉菜送到矿区
汽车马车牛车车水马龙
来往行人络绎不绝
他们只知道开车赶路走路
并不知道谁修了这条路
更不晓得
我曾参加了修路队伍
更不了解修路者的辛苦
可我知道并且记得
我的血洒在了这条路
我的腿中留着钢钎的铁块
我的同伴伤残了腿难走这条路
我的朋友献出了生命
永远也没有机会
再走他修过的路
我欣慰我曾修过这条路
我怀念牺牲的同伴

扮 演 者

春末夏初在北京
我随上司去做客
席中有一个特殊客人
待人彬彬有礼
动作洒脱落落大方
斟酒夹菜恰到好处
言谈说笑意趣盎然
一举一动皆有风韵
一言一行气度不凡
似阵阵清风轻拂我面
又像一股暖流荡人心田
那幽默引人说笑不停
那魅力燃烧得气氛激昂
瞧他形神皆似
使我疑云更趋膨胀

私下我与领导耳语
这个人怎么像周总理
领导表示亦有同感
其人看出我们议论他
可能听见我们议论他的话
饭吃热了　人混熟了
酒喝足了　话更多了
疑窦不得不解开了
领导忍不住说他和周总理很像
知情人答话说

他就是演周总理的

他本人亦说

他是特型演员

专演周总理

周总理是人民的好总理

他在世时人民非常拥戴他

他逝世了大家仍深切怀念他

团结全国人民搞现代化

需要化悲痛为力量

需要弘扬总理精神

也就需要总理的形象教育

需要有人扮演总理

开始挑选总理的扮演者

扮演总理可不简单

他形象高大非常人所能及

人民都熟悉他

对扮演者的期待更高

也不同于演过去的历史人物

因为人们并未见过其人其形

亦不同于塑造纯粹的艺术形象

可以修饰加工虚拟夸张

演总理可不行

再现的总理和现实的总理必须一致

过于刻板不行

加工过多失去原型亦不成

不仅形似

尤其要神似

周总理集严肃活泼大智大勇

容冷静沉着多谋善断
非形神兼备者莫属

我不见则已
一见惊人
周总理纵然谢世
但他仍然活着
活在人民的心目中
他的事业正在发展
他的精神在发扬光大
他的形象有人扮演
他的风范永垂不朽

赞白衣天使

你的雅号与生俱来
自生至死谁能离开你
你选择了这个职业
便选择了危险和牺牲
你披上了白大褂
便开始了奉献
婴儿呱呱出世你第一个拥抱
病疼炎凉与你共受
呻吟时由你陪伴
呼救时你来援助
急需鲜血你首先输出
跌打损伤你来搀扶
昏迷由你清醒
绝望时你来光临

有喜有乐不见你身影
有危有难单将你寻
上穷碧落下黄泉
临终关怀还是你
你是上苍派来的天使
又是芸芸众生的救星
你扛救死扶伤的重任
心中装着男女老幼的安危
你是多么的神圣
又是何等的光荣
尊敬你发自我内心
佩服你请看我眼神
颂扬你白衣天使
感谢你救命恩人

南丁格尔颂

你是宽慰人心的人
一句句软语带着温馨
一张张带笑的面容
便使病人胆落神松

你是减轻痛苦的人
欲减少打针的疼痛
抚摸肌肤转移视听
包扎护理轻之又轻
你是带来幸福的人
迎来了一阵阵呻吟
送走了一张张笑脸

一声慢走
一股深情

你是难以忘记的人
我们在病痛中相遇
又于患难中相认
留下了难以抹去的身影

盲　母

老母为什么瞎眼
因爱的泪水流光
眼睛本是秋水一双
失去了秋水
怎么能看见

老母眼不明心亮
虽然美丑分不清
是善是恶心却能辨
好坏靠耳膜
真假凭手感

歌　手　颂

在你的内心深处
刻刻系着黎民百姓
或装着一个个
白发苍苍的老人
或想着一群群

稚嫩的面孔
你时刻牢记着
战天斗地的英雄
又从不忘记拄着拐杖的盲人
唱一首歌
你字字句句心连着心
演一幕戏
场场吐着阵阵心声
将一腔深情全部溶进
每每现出一片痴情
下乡宣传
你与建设者
同呼吸共命运
喜庆演出
你的脉搏紧合着时代的节奏
慰问登台
你唱出时代的最强音
募捐表演
你尽情表达
一颗善良慈爱的心

只有你不认识的人
没有不认识你的人
亲见过你的不用多说
从未见过你的
也知道你这个人
一听到沁人心脾的独唱
不用看就晓得是你的妙音
那么多人的合唱

气势恢宏歌声嘹亮
绕梁的余音独特的韵味
我也能听辨出来是你的

台上那潇洒轻柔的舞姿
协调到家的动作
谁不晓得又是你
在那翩翩起舞的集体里
一招一式亦步亦趋
独领风骚的当然是你
你演谁像谁
但无论怎样化装打扮
看那形体风度气质
我就能感觉到一定是你

文艺欣赏鉴定评奖
你从不前排就座
可人们都主动对你问好
街上来去匆匆的人流
谁顾得上看这个觑那个
遇着你一眼就能认出来
看那随风飘拂的杨柳
怎能不想到你
遇着边流边唱的溪水
如何不体会到你
看牡丹的艳丽高贵
它好像是你
看郁金香的含蓄清纯
似乎又是你

洁白如雪的梅花

恰恰像你

最早绽放的金色迎春

莫不亦是你

你无时不到无处不在

你使人欢欣鼓舞

又使人兴高采烈

继 母 赞

亲母给了我生命

而你使我生存

稚嫩的童年

父母双亡

我的天塌了

我的地陷了

晴蓝的天

于我是一团漆黑

茫茫的地

我辨不清方向和道路

我只有在父母的坟前哭泣

不知去向何处投向哪里

睡觉无人陪伴心惊胆战

玩耍无人呵护孤孤单单

迷茫中你领我回新家

我有了新的归宿

饥渴中供我饭食

奄奄一息中恢复我生机

冻馁时给我穿上棉衣

停止了浑身的哆嗦

是你陪伴我睡觉

童心不再畏惧

一觉醒来

面对的是你的微笑

怯生生偎你依你

你真像我的生母

是你引我重走人生的道路

使我认识一二三四五

是你教我唱歌

感觉世上的温暖亲爱

是你领我跳舞

感觉人间的欢娱快乐

陪我读完小学

供我上完中学

支持我念毕大学

指导我登上舞台

我歌声里有你的气息

奖杯上有你的功绩

赞誉里有你的光荣

成就中有你的心血

因为你给了我第二次生命

又是你培育我成人成才

你没有生我

可我没有丝毫的生疏

叫你妈妈

是多么的顺口亲切

称你妈妈

是何等的甜蜜

有委屈就想对你说
遇欢乐就憋不住
有好吃的
总是想起你
穿时髦衣裳
想让你看第一眼
心上的人儿想领他拜你
希望你高兴欢愉

哭吧，放声哭吧

孩子你哭吧
差一分没考上大学
谁说男儿有泪不轻弹
孔明斩马谡不是挥着泪呢
冲锋陷阵是流血不流泪
掩埋战友则流泪不流血
在妈怀里别难为情
让哭声抚平你紧皱的眉宇

哭吧放声哭吧
妈知道你失去了好同伴
他是你最要好的知己
风华正茂实在一大损失
舍己救人死的光荣
如果他黄泉有知
也不希望你哭
哭太多过于伤悲
让泪水洗去你的思念
将悲痛化为前进的力量

哭吧放声哭吧

我晓得你跟她情深意笃

既爱事业又爱美人

失去红颜怎不心疼

她离你而去是为了出国

委屈了你也难怪她

失去的难以再得

你就靠着母亲放开哭吧

将心中的抑郁哭出去

重新追逐可心的人

孩子你哭吧

啼哭不是女人的专利

你失去了慈父

我失去了丈夫

你十分悲伤

我万分痛苦

我看不惯你愁眉不展

也不习惯你低头纳闷寡言少语

生离死别自然规律

哭够了开始新的冲刺

孩子奋斗吧

去的已经去了

存在的还要过日子

该喝便喝

该吃且吃

回到学习中去

回到同学中去
振作起来昂首挺胸
热爱生活拥抱人生
刻苦学习奋发有为
学出个人样儿来
让娘高兴

回来吧
荣儿啊荣儿
你为啥不来看娘呢
弟兄几个数你最淘气
因为是老小妈妈最疼你
最放心不下你远走高飞去
剜了妈的肉伤在我心里
我的胆吊了多少个春秋
我的心悬了几十个冬夏
何时才能胆落腹中心放实处

荣弟啊荣弟
小时候我们一块多亲密
如今都已七十几
为啥不来相聚
母亲在世时天天念叨你
夜夜没瞌睡
吃饭乏滋味
临终前仍轻轻唤你的名字
咽气后是我抚闭了她的眼睛
你该给她老人家上上坟
好让她黄泉有知

夫婿呀夫婿

难道你忘了临别时说的话儿

在那兵荒马乱的年代

一个气爽月圆的中秋夜里

你说要去台湾

一定回来与我相会

多少次鸿雁北飞南归

多少个中秋佳节月圆日

多少个梦中相会醒后空欢喜

爸爸呀爸爸

我是你的梁儿

我早已有了儿子

也就是你的孙子

别家的孩子与爷爷亲

我家的孩子缺爷爷吻

叫我怎么说得清

为什么不来见见你的儿子

何不来亲亲你的孙子

爸爸呀爸爸

我是你的燕儿

妈妈一天天衰老

泪水流花了她的眼睛

每个周日我们都来看顾

宽她的心

表我们的意

每逢佳节亲朋团聚一起

餐桌上唯独缺少你

你怎不来坐你的席

天 地 情

乐 园

我漫步草坪或坐或卧
犹似在地毯上绵软可心
我穿行于茫茫森林
多么神秘幽静
迎着拂面的清风
从里到外全身惬意
骑马奔驰在辽阔草原
好像将我融入了自然美景
在碧水中畅游
我通体凉爽舒服
举首仰望蓝天白云
我心旷神怡
立于高山俯视麦浪滚滚的田野
我胸襟开阔心潮起伏
恰似人间天堂
实乃地上乐园

人 间

碧蓝长空飘几朵白云
晶莹湖泊荡起波纹

云在水中频频飘浮
水在天上缓缓流动
鱼儿似在天上游泳
鸟儿又像在水中飞行
炎炎赤日致大地蒸腾
阵阵吹来丝丝凉风
高高的山上一片葱绿
平平的原野处处青青
苍天大树罩在头顶
造化一片凉爽浓阴
牛羊又哞又咩鸣叫
马儿啸啸几声嘶鸣
家犬于门道张嘴喘气
鸡鸭不顾炎热觅食
女童在檐下玩耍
男孩捕蝴蝶于花草丛中
三个女人一台好戏
又说又笑闹哄哄
大树底下的男子汉
纵论当今好光阴

春　风

由东而来的阵阵暖流
驱走了咄咄逼人的寒气
跨过大洋东海
带来蒙蒙的水分
掠过皑皑的白雪
将其消融为水

拂过茫茫原野

使大地解冻复苏

又逆水而行

吹皱了湖面

使溪水撒野逐流

翻过山峦

致青山妩媚

抚摸草木

让枝叶吐翠黄草返青

注视溪边花园

使粒粒花苞绽放出五彩缤纷

惊醒了冬眠的蛰虫

钻出了地面

重享太阳的光辉

引得鸟雀飞翔鸣唱

走兽牲畜吼叫蹦跳

你无孔不入

透过窗框门缝

像乐师的巧手

开启了生命的键盘

唤起了白发苍苍的老人

摇醒了甜梦中的小孩

使妇人从困倦中睁眼

让男人从朦胧中清醒

迈向田野

流向车间

走进实验室

涌入课堂

或攀上高高的脚手架

或闯入熙熙攘攘的市场
看不见你的幽灵
却唤醒了万物
你是春天的使者
又是人间的邮差
摸不着你的身影
却能拥抱万物
看不见你开口
可唱出了欢乐的新歌
大人喜笑颜开迎你
孩童为你鼓掌拍手
树木为你展开枝叶
花草点头示意
感谢你揭开新的一页日历
欢迎你开启了新一年的齿轮
让万千英雄迈开大步挥动双臂
刷新辉煌的纪录
让神州大地再创辉煌
更上一层高楼
春风你徐徐地吹吧

夏 风

炽热的烈焰烧向大地
蒸腾的热气升向天空
忽然狂风骤起大作
引来雷声隆隆电光闪闪
你将乌云刮得滚滚向前
将雨云布满天空

霎时又将暴雨吹向大地
时而驱云往西
致淫雨绵绵
时而驱云向北
下起倾盆大雨
转眼间又驱云往南
风雨交加泡塌民房
忽然间又掉头向东
席卷残云一场空
迎来雨过天晴霞光万道
将一道彩虹挂在天际
使万千百姓引颈举首向天空
你催小麦灌满浆汁
你助苞谷节节拔高
你帮草木疯长增高
你使瓜果快长快熟
挑战世间万物可敢与我较量
如疯似狂劲吹掀得涛翻浪滚
看你芸芸众生
能将我风婆怎么样
万千神州嗷嗷应战
不惧烈焰烤大地
将烈日背到西山后面
哪怕你狂风拔树搅得浪滚涛翻
欲乘长风破万里浪
战天斗地龙口夺食粮
好一场风云际会壮观美景
真一幅英雄斗风大宏图

秋 风

吹走了酷暑烈焰

送来了清气凉爽

时而阴雨绵绵

时而凉风阵阵

你使鸿雁掉转了飞行方向

你的声音里夹着悲鸣的鹤唳

寒蝉声声哀唱

蛙声不入耳膜

你使日照越来越短

却使月夜愈来愈长

谁说是夜长梦多

我却是梦少夜长

黄叶乘风满天飞

枝残花谢香气散

你使人喜欢

又让人惆怅

年过中秋月过半

一年将过一岁又长

而今我谓秋风

恰似秋高气爽

它使瓜果飘香

又让玉米金黄

不是清洗剂

却褪去了嫩绿

虽非金燃料

却染得原野金黄

虽非絮棉

竟让银花堆成雪山

并不降粮下谷

竟将粮谷堆得屯溢仓满

吹得英雄豪气冲天

让那傲霜的菊花更风光

纵然苍蝇蚊子气息奄奄

却是一派人寿年丰新气象

冬 风

呼啸的北风

刮走了炸雷闪电

弥漫的寒气

逼去了赤橙黄绿青蓝紫的花瓣

迎来了一片银装洁白

赐予的是雪地冰天

刮得小孩猴头裹脑

吹得女士绒装披身

冻得老人缩头缩手

冷得壮汉顶上狐皮帽

北风啊北风

怎么这般冷酷无情

为什么这样咄咄逼人

不给一缕暖意和温柔

可是我谓北风

自有道理

自有美意

君不见溜冰场上争高低

横渡黄河逗英豪

雪仗打出好气派

冰雕刻出美人娇

谁曾怕过冷

何曾厌过雪

你的狂野使我吃惊

你的冷酷亦令人窒息

然我叹你没有遮拦的冲劲

我钦佩奔放不羁的锐势

我当然没有你那秉性

也无须像你学习和看齐

但我愿意领略一下你的滋味

我愿化作一朵雪花随你飞舞

如有可能作一朵白云

乘着你的风势

漫游大地遨巡太空

让你刮走一切

陈规陋习的束缚

卷走枯枝败叶

残花碎瓣

吹去一切迂腐思想和不良风气

落得大地一片洁白干净

换来处处清新

你的呼啸还有新意

为的是在冬眠中做美好的梦

为的是迎来春天的黎明

吹走了雪花

欢迎迎春花绽放

你的呼啸

为的是迎接温暖的东风

你的狂吹

为的是呼之欲来的春暖花开

让我们共同迎接

黄草返青

树木吐翠

让我们一起欢迎

蜂飞蝶舞热火朝天的新春

绿 化 歌

山大沟深广无边

无草无树太荒凉

不见鸟儿飞

未遇兔子玩

人们难得来一趟

立下愚公移山志

要引黄河上山去

要造锦绣满山谷

要用汗水绿大地

劝大家去上山

种草种树绿荒山

杨树柳树松柏树

整整种它一大片

绿树成荫好乘凉

引来鸟儿把歌唱
招来蝴蝶飞得欢
要让蜜蜂采蜜忙
要使兔儿蹦蹦跳
要使荒山变乐园

苹果树　李子树
花椒枸杞蟠桃树
荒山变成花果山
悬崖又披小瀑布
大圣一定很喜欢

要让儿童有处玩
要让老人玩得欢
好让情侣谈恋爱
好让游客歇个凉
好让大家把歌唱

甜歌花歌接着唱
情歌喜歌交替唱
春歌唱罢丰收歌
茶歌酒歌轮着唱
山歌秧歌舞着唱
老歌唱罢唱新歌
越唱越跳越快活
唱不尽劳动的丰收歌
唱不尽风景美好人快乐

人勤春早

春天为什么这样美丽
迎春花给你添了春意
春光何以这般闪烁
那是嫩叶发出点点亮光
新春为什么这样欢乐
因为鸟儿在那里唱歌
蝴蝶为什么翩翩飞翔
它使人想起美丽的传说
何以举起飘飘衣带
那是春天的新衣代替了冬装
姑娘为什么那么精神
花香伴皮靴长袖在起舞
歌声为什么那么悠扬
那是歌声乘了春风的吹拂
还有那秦腔一声吼
顺风飘扬传万里
春天为什么来得格外早
因为你勤劳加快了时间的节奏
因为你使时间更有意义
因为你为万类带头开新宇
春满人间　人勤春早

美　意

碧草为我泛绿
鲜花为你亮丽
绿色赐我以生机
花儿带给你景致

茵茵绿草何忍践踏
美丽的花朵岂能摧残
加一份呵护多一丝美景
多一点爱心增一份春意
盼你眼中含脉脉友情
我脚下亦多留美意
共为今天的辉煌做一点努力
同为明天的美好加些许温馨

朋 友 情

知　遇

我在犹豫徘徊时
你投来坚毅的目光
我遇到尴尬时
你给解疑释难
我的努力受挫了
你鼓励劝勉
若多时不见
便觉空虚和思念
遇伤痛疾病时
你来探望
你恰似及时雨
又像雪中炭

我偶然相遇认识了你
从往来交流中了解了你
从你渊博的知识里得到教益
于你丰富的阅历中受到启迪
每有心得体会便交流学习
若有些许收获长进你给加油打气
在我趾高气扬时你泼一瓢冷水
当身处逆境时能给力量和勇气
及时指出缺点毛病时刻提醒注意

还纠正文章中的错字别字
甚至一个标点符号也不放过
我们间没有铜臭油腻气味
仅仅是佳茗的清香和透明
从不叫职务和头衔
顺口是张三与李四
每时每刻总将朋友装在心里
我来人世不长也不短
与人交往不多也不少
点头关系无计其数
人走茶凉者成百上千
得你为知己
此生足矣

友 谊

我们俩是萍水相逢
又被风浪荡来飘去
没有任何的利害关系
何曾分上级与下级
既不是老板与雇员
也非是债权人与债务人
未曾有过买与卖的事情
何曾发生过各种交易
在一起时无话不说
分别之后时刻挂念
你意见高明我听你的
我的主意好你照我的办
酒席桌上不曾相遇

舞场酒吧哪能见面
你不是我家庭成员
可我心目中总晃着你的影子
有时你是我的老师
有时又是我的参谋
你好像是个长者智者
可又像是一个滑稽的顽童
时而像个巨人
时而又是个平民
我们曾同窗听老师讲课
又在阅览室里看书看报
"文革"中一起上山下乡
改革时期共同开拓创新
你去了广阔天地
我下了工厂矿山
开会讨论
你我争得面红耳赤
互相交往
开门见山
何曾有半点顾忌
双眼相看对方
优点缺点若镜上灰尘
处事为人
相互是洞若观火
动不动互揭老底
哈哈一笑又烟消云散
从不尊卑贵贱观人
何曾受权势利害转移
冷热炎凉的世风不曾影响

市侩势利习俗何曾沾身
有职有权时你何曾求我
免职退休却来看望
又红又紫时鲜见你的形象
患病住院却出现在面前
门庭若市时你何曾光临
门可罗雀时你添气氛
我们的友谊啊天长地久
我们的情分啊至纯至真
你是无瑕白玉雕琢的宝壶
我是玉壶里的冰心或蒸馏水

插 花

我躺在病床上呻吟
你送来插花一盆
赤橙黄绿青蓝紫
菊花郁金香紫罗兰等等
花瓣张着嘴却不说话
但它代你告诉
同志们的一片爱心
花蕊不会唱歌
但绽开的嘴发出你的心声
一朵朵红花
似一颗颗赤诚的心
一缕缕清香
喷出一份厚意
一朵朵花儿
是一声声祝福

一切尽在不言中
就连那一片片绿叶
一动不动
向我点头致意
我没有太多的话可回敬
只把插花的厚意心领神会
若是命运舛误
这便是最后的寄语
如果劫后有余生
我将讲出心中的故事

那言那行

他从不在同一类事上
犯第二次错误
因为他是个绝顶聪明的人

其宁肯失败也不停止行动
因为他以革命和探索为己任

他不知忘恩负义为何意
因为他本就是个
有深情讲正义的种

他何曾在眼前琐事上斤斤计较
胸怀广阔目标远大是他的特征
其只吃饭从不食言
他的准则是要么不说
要么说到做到

听到他的声音
就知道他的行动
看了他的文章
会明白他的为人

真　情

太阳将日光照向月亮
月亮又将日光撒向人间
何曾坐支截留些许
纵然不温不暖
亦是竭力尽心
所以浑身洁白闪闪发光
温暖的春风吹着
何怕万物不醒
大地微微胎动
何愁草木不青
江河不歇地流着
不怕污垢洗不净

你在天空飞行
他在地面后勤
纵然相距千万丈
都与祖国心连心
日夜做着一个梦
缕缕深情牵人民

偌大一个胸怀

净是神州百姓
件件牵肠挂肚
事事系着别人
赤心虽在胸腔
唯独不虑自身

一心只顾耕耘
何管收获些许
日夜操劳那个人
魂牵梦绕这份情
纵然不见回报
痴心真情不含糊

善言善行待人
何怕别人伤己
好心好意处事
何必计较脸色
全在心诚意诚
难道心肠铁石

扑通一声
扑向溺水之人
哪想生命危险
冲入烟雾滚滚
救人十万火急
那顾烫伤烧身

他不求你
你将成果推荐

亦未托你
且将奖杯送他手上
伯乐虽已辞世
骏马嘶鸣不断

日落日出
忙忙碌碌不曾歇
月缺月圆
一个招手一声再见
你我东西各奔腾
难得温存仅将酸苦装着

你给予的太多太多
却不求一丝一毫回报
你奉献一件一件
从不企图索取些许
如果要说谢谢
你又嫌生分

天大地大
大莫大于人间爱
海深洋深
深莫深于同志情
最可贵诚挚无私的精神
极需要真爱真情的好人

枝 叶 情

一棵小树苗

三月的省城寒风阵阵

光秃的大山黄土滚滚

黄河边上冰块粼粼

寒冬将尽春天来临

抓紧时节植树造林

我们冒着尘土迎着寒风

奋力爬山绿化省城

其山巍峨险峻

那势又高又陡

山顶的拐弯处是我们的阵地

每人十棵树必须完成

干旱的山上如何植树

领导将我们兵分两路

一路人山下破冰背冰

一路人上山挖坑植树

我们开掘出鱼鳞似的梯田

又在梯田里挖出一窝窝树坑

只等树苗冰块一到

便埋冰种树

上山下山只有小路

背冰的人沿着羊肠小道向上冲

既无栏杆可扶

又无草木可依

一人背南瓜大小一块冰

只能种两窝树

如牛负重一步一步

吭哧吭哧何等费劲

一窝一树一块冰

恰似干渴的嗓子吃冰棍

冰块弄湿了树窝

水分滋润了苗木

怪可怜的小树苗

是死是活谁能保证

从平地来到山顶

从苗圃移栽到秃岭

活得了活不了令人担心

小树苗的命运我惦记不停

春末夏初我们度假郊游

顺便看看小树苗的情景

啊！小树苗长出鲜嫩的树叶

且长高了一小截

可爱的小树苗

辛苦的日子还在后头

你在这儿还要经受风吹雨打

你还要苦熬酷暑与寒冬

第二个初春

我们进一步绿化荒山秃岭

顺路再看一看去年载的小树苗

枝 叶 情

小树苗已经返青
枝干又鲜又绿
似是血液在流动
我们纷纷议论
历经春夏秋冬
挺过一年不死
小树苗就算活了
我们亲手栽的树活了

又是一个新春
一年来不下雪不下雨光刮风
小树苗经受着干旱的煎熬
进行着顽强的生与死的抗争
面对着干旱的天气我实在着急
眼看着焦渴的小树苗好不难受
传来一个好消息山上将引黄河水
粗大的钢管铺到了山顶
哗哗的黄河水注满了山顶的水池
蟒蛇似的胶皮管伸到了荒山各处
让树木草皮吃饱喝足
一个同伴抢先拿起胶皮管
又一手拧开水龙头
不料喷出水柱冲起泥土
喷了大家一身泥水
我奋不顾身操持龙头
喷向渴求雨水的小树苗
小树苗摇晃着树梢摆动着树枝
似乎与我一样的高兴
我高兴小树苗交了好运

不知过了几年
听说山上建了碑林

去看看省城名家的字帖
约了朋友再度上山
看了一座座古今人物的翰墨
我又去山顶拐弯处
成片树林已长满了半山坡
忽然看见彩色的衣裙在闪烁
定睛一看一男一女树下坐
原来他们乘凉的那棵树
正是我栽的小树
树干挺拔枝叶繁盛
又粗了一圈又高一截

树冠婆娑多姿
阳光透过枝权树叶
洒到人身上地上
枝头麻雀叽叽喳喳
小松鼠上蹿下跳
一只喜鹊喳喳鸣叫
两只小白兔迅驰奔跑
一对小青年相依相偎
那个亲密　那个呢喃
春风吹着树林拂过青草
合着情侣的倩影鸟儿鸣唱
好一幅惟妙惟肖的春游图
恰一曲悦耳动听的欢乐歌
前人栽树后人乘凉

我钦佩古人的至理名言

我为鸟雀高兴

他们终于有枝可依

我为松鼠小兔高兴

它们有树可攀

有窝可居

我为这对情侣欢欣

他们真会寻觅

找了一块幽静的去处

有纳凉的松树

共叙甜蜜的爱情

我为小树苗的成活成长高兴

它为这片荒山添了绿意

我为整片的树林兴奋

它为省城增了光彩添了美景

小小铺路石

我是一粒铺路石

不是玉石宝石钻石

镶嵌在凤冠王冠戒指项链上

享受至高无上的荣耀

也不能装饰教堂的柱子墙壁

那是何等的气派

或者装饰宾馆酒店的大厅门面

又是多么的风光

也难由女娲娘娘拿去补天

至少雕成狮子

给人站岗看大门

显出几多威严
露出些许庄重
我只能用来铺路
叫作小才小用各尽其能

我虽材小作用不小
让我们扛枕木撑钢轨
又在钢轨上跑火车
不管多重多快
我们都得撑着
客车上的男女老少乘客
觑都不觑我们一眼
既然做了铺路石
我们别无他求
发挥自己的作用问心无愧

黑白灰相间其貌不扬是我们的形象
有棱有角是我们的风格
坚硬牢靠是我们的脾气
不计较高低贵贱是我们的态度
合群团结是我们的风气
不在乎功名是我们的风度
头顶蓝天是我们的精神
厚实可靠的地球是我们的根基
有一分热发一丝光是我们的心态
无论放置何处
随遇而安是我们的胸怀
从不为时过境迁的变故担心
亦不为利害得失而犯愁

虽然个儿细小微不足道
但我们的志气不可夺
纵然有我不多无我不少
可与兄弟们一起
支撑了自然与社会
尽凭全身气力增光添彩
作我的铺路石无怨无悔

石 墨 颂

石墨姑娘你真幸运
前缘造化了你美丽的形体
后世又给了你非凡气质
简直是美人的胚子
又是精灵的化身
你是冉冉升起的明星
或是半道上奔出的良驹
光泽柔和不刺眼睛
个儿虽大却不压称
不曾见你态度生硬
煞是温柔和顺
不能把你溶化为液体
也难把你升华为气体
酸味奈何不得你
碱性也不能将你怎么的
你似光滑又像涩腻
又性情稳定不犯冷热病
烈火高温你浑然不怕
严寒低温你何曾畏惧

无处没有你时时受欢迎
谁若娶你做新娘
真是前世行善三生有幸
你最大的优点是无私奉献
你突出的风格是自我牺牲
网球场上你是锐器
跳高横杆显你倩影
核反应堆少不了你
运载火箭不能没有你
你真崇高伟大
祝你无限前程

银　柳

你寂寞地生长在北方的沙漠
枝叶婆娑树干敦实
既像乔木又似灌木
少有杨树的挺拔
更缺少柳树的妩媚
能耐冬天的严寒
不怕夏天的酷暑
凉爽秋气最相宜
沙风尘暴何所惧

你像刚穿婚纱的少女
浑身洁白婀娜多姿
伸向四面八方的嫩枝
似是翩翩起舞的手臂
你晶莹剔透的花朵

飘香十里芳香扑鼻
你的金枝玉叶
使端阳佳节温馨无比
人们称你银柳香柳桂香柳
只有不及何曾为过

长椭圆形披银白鳞的栗色小果
是你奉献的朴素果实
虽不及苹果的硕大鲜红
也没有柑橘的好看好吃
实乃环境使然前缘造化
诚是尽心竭力的美意
颇具沙生植物的特色
实有绿色食品的优势
于美食佳肴之后
即可调节口味
又可解去油腻

在茫茫的无垠沙漠
在广袤的千里戈壁
八级大风刮不倒你敦实的身子
滚滚沙尘暴难以使你屈膝
你牢牢守护着养育你的母亲
又将大风卷起的沙土
挡下来还给大地
干旱少雨你仍然顽强生长
些许水分你便枝繁叶茂
纵然衰老干枯
你木质的特有花纹

仍呈现沙漠风光的美景
你无疑是保持水土的尖兵
你不愧是防沙造林的先锋

牛 肉 面

一进面馆的店门
好似看魔术师表演
掌击拳打上压下翻拍拍有声
高提低旋掼甩折叠环环相扣
将它摆成一串
拉面好似纺丝线
薄如蝉翼称大宽
不窄不宽叫韭叶子
似藤如蔓乃二细
恰如琴弦叫三细
更有毛发细的龙须面
根根丝丝情深意长

双手扯一把银丝线
下到锅里翻来滚去团团转
捞到碗里似菊花一朵正开放
眼未看够口中流涎
端详那店中装修
淳朴自然与现代理念融为一体
画着佐料的鲜嫩花样
写的是赞颂歌词一长串
解说是清真正宗老店
一百多年代代相传

立足神州大地海内洋外
欢迎八方来客仔细品尝
色鲜味形样样占全
汤清肉嫩面筋味香
味真货真情更真
价实量实心更实
致力树立新形象
创造温馨一片天

服务员托盘子端着碗
在人丛中拐弯抹角似一朵花水上漂
让客过人敏捷轻快像演员
双眼定睛一看
香喷喷的牛肉面放在眼前
油泼辣子的油花儿
花花点点晃来荡去
香料煮就的牛肉丁四四方方
蓬灰和的优质拉面又黄又亮
绿格茵茵的香菜切得又细又短
白生生的萝卜片晶莹透亮
丁丁点点滴着深情厚谊
闪闪光亮折射好心一颗
最讲究的是那汤
至清至纯是真味
既鲜又美热气蒸腾
香味飘溢四面八方
不尝则已一吃爽口
独具民族风味
一丝不假清真味

典型的西北面食
地道的老店祖传品牌
面又筋又滑又清爽
耐嚼耐吃耐品尝
红里透紫的牛肉又绵又烂
种种辅料又脆又绵
种种感觉又齐又全
酸麻辣香滋味绵长
民族风味全在里面
是这个味正是这个味
对味入味西北风味
一丝不假
正是民族的真情实意
好吃耐品确实非凡
一碗进胃解饥解渴
寒气顿消浑身温暖
精神倍增　心满意足

出了面馆一步三回头
一边擦汗一面品评
良久有回味
始觉甘如怡[注]

筷　子

我们总是成对出现
从不单个儿使用
我们被成双拿来

注：（宋·王禹聘《橄榄诗》）

又被成对地抛弃
据说我们的来历
原自鸟喙的启示
上喙下喙一张一合
夹一粒树籽草籽吃下去
起初将细树枝拾来
折成一样长短的一对
后来是伐一棵树
截成一样长短的段
破成同样厚薄的木片
再截成一样粗细的木棍
捆为一把子带到餐桌上
用完之后顺手一扔
毫不可惜我们
处处是这样
日日都如此
因我们伐了多少树
为我们费了多少木

我为我悔恨
毁了那么多树木
我为树木担忧
跟我受累
我为飞禽走兽担忧
何处落何处居
我为原野山脉担忧
没有了树荫失去绿色
无遮无拦
大雨一下泥土被洪水冲走

令人悔恨令人担忧

随　感

我宁愿是一片树叶
借着春风徐徐生长
尽享阳光雨露的营养
哺育桃果李枣成熟
乘秋风漂浮东西南北
疲倦时归于根部落在地上

我想似一珠朝露
哪怕被风吹去
或被烈日晒干
为滋润万物化作潮气
尽管细微
不知不觉也算派一场用处

我又想做浮云一朵
呈现赤橙黄绿青蓝紫
随东西南北风任卷任舒
或炎或凉作雨作雪
洒向茫茫大地
与芸芸众生同欢共乐

要是化为一股溪水
依地势行走流动
可高可低或弯或直
任土壤吸收

供草木享受

或化作阵阵清风
春天催万物复苏
夏天促麦稻灌浆
或送凉爽消炎解暑
秋天扬金果飘香
虽形影无踪也心满意足

威风锣鼓

正月十五闹花灯
威风锣鼓齐上阵
恰如万马奔腾阵势雄
又似暴风骤雨来势猛
渐渐舒缓若泉水叮咚
霎时间又雷声隆隆
鼓声咚咚似临战冲锋
蹦腾跳跃旋转振奋
若不是虎啸生风
也像那飞龙腾空
老人观者笑在脸上焕发青春
小孩学着手舞足蹈跳跳蹦蹦
裙衩一睹急掩耳朵
男人一看意气风发浑身沸腾

使　命

蜡烛生来为照明
燃烧便是生命

霓虹灯造它就是为亮晶晶
闪出彩虹便是使命

弯弓射箭为大雕
兔死狗烹藏良弓

火箭的天职乃送卫星上太空
神舟飞船游九天完成使命

公仆啊就是全心全意为人民
发展地方造福百姓最光荣

前赴后继者为战士
燃烧生命者乃英雄

驿　站

这里既是终点
又是起点
走累了请在此稍息
天色已晚就地歇宿
养精蓄锐后重新上路
迷失了方向在此问路

负伤患病于此医治
精疲力竭时不妨加油鼓气
请别彷徨别长驻
记着这里是人生的驿站

书

有字的书汗牛充栋
无字的书哪有穷尽
一本书装不下一个人
读一本书解不尽其中味
酸甜苦麻辣五味俱全
赤橙黄绿紫色色显眼
字字句句何能全装
静下心来读书
睁开眼睛观人观物
抬头远眺辨风云
于无声处听惊雷
书里书外品人生
光明磊落行事
顶天立地做人

病中读余光中《珍珠项链》

头晕口渴咽干
身困伸手不便
一口壶嘴放到了我嘴边
不冰不烫水真甜
我才见到了喂水人的模样

疼痛难忍眉头紧皱
一只手落在了额上
又轻又慢
顿觉宜人清爽
猛不知是谁的妙手
也不晓得疼痛去了何方

疼痛减缓
脑子浮想联翩
又觉胸中空荡
侧脸看见书本搁在枕旁
将书看了若许
恰似珍珠项链挂在胸前

扫　帚

前世造就我细枝茅草
难担重任仅供打杂使唤
既不是栋梁之材
可构筑高楼大厦雄伟宫殿
亦非生花妙笔
用于写字作画撰闪烁文章
名字不雅更俗
形体粗鲁简单不配登大雅之堂
只用于清扫门厅宅院

黎明的长信宫

班婕妤[注]用我打扫金殿
僧人操我保持寺庙清洁
道士持我清扫道观
各家各户男女老少
拿我净化宿舍房间
那整洁的大街小巷
处处皆是我的用场
我已枝残毛脱把断
用我清扫了几多污秽垃圾
如今我也成了清除的对象
但我无怨无悔
已奉献了每枝每叶
我如愿以偿

手　机

你使我的耳朵顺万里长风
将我双目变成千里眼
你将地球缩得越来越小
将时间拉得越来越短
千里马信使
曾取代烽火台狼烟
你一小盒子
又顶替固定专线
将天上移到人间

注：班婕妤曾受汉成帝宠爱，后来失宠，自请去长信宫侍奉太后，"奉帚平明金殿开，且将团扇共徘徊。玉颜不及寒鸦色，犹带朝阳日影来。"过着奉帚打扫金殿的凄寂生活。诗引自《长信怨》

又把人间升到天上
你我身子远隔万里
说话却又仿佛面对面
你是不长翅膀的信鸽
又是不喷火的火箭
看你朝什么方向远飞
问你再向哪里发展

冰雪姑娘

你身穿一匹洁白的绸缎
那经线都系在你颈项
指南针在这里派不上用场
该地方没有西北东南方向
围着你转上一转
赛过绕地球一圈
你的脸一半是冬天
另一半却又是夏天
说你是千金小姐或新娘
却没有婆家又没有娘家
对懦夫你不屑一顾
可俗子对你又望洋兴叹
你的脾气反复无常
往往决定英雄好汉的动向
对你的追求没有期限
对你的探索哪有终点
美丽无双冰雪姑娘

舐犊情

顽 童

看见你的天真我欲至清至纯
望着你的活泼使我浑身来劲
想到你的幼稚我愿返老还童
体会你的生动给我倍长精神
说到你的顽皮添了我的韧性
感觉你的滑稽增加我的幽默
翻箱倒柜从窗户进出
从不循规蹈矩
好爬树爱上房
那是追求进取意欲向上
好好玩具装了拆拆了装
寻觅个中学问道理
打破砂锅问到底
欲知道天有多高地有多厚
在疑问的眼神中
无论什么都又新又奇
在你的脑子里塞满了问号疑题
世间万物万事个个有滋有味
宁愿向你看齐不向狡猾学习

圆 眼 睛

老年人为什么总是眯着眼睛
因为一切都看惯了看透了大彻大悟

壮年人为什么目光深沉坚定
因为他已进入不惑之年成竹在胸

青年人为什么双眼炯炯有神
因为充满希望和追求

孩童为什么小眼圆睁
因为初到人世一切都神秘新奇

天 性

要笑便笑没有任何控制
不是哈哈大笑便是又蹦又跳
高兴劲儿一泄无余
哪有丝毫节制含蓄

要哭就哭一点没有顾虑
不怕泪流满面何顾众人耻笑
甚至如杀羊宰猪般吼叫

遇着泥沙就挖
与土地特别近乎
土头灰脸哪怕弄脏衣服

舐犊情

见水就拍就打和鱼儿一个习性
不分水污水净只顾玩个高兴
何怕浑身水淋

碰着别人吃冰棍
也要两眼直直盯着
不是伸手去要便是讨钱去买
似是很谗很渴
不管怎样就该给我

别人踢来一球
要么跟上就踢
或者抱上便跑
不要也不还要也不给

天下何分你的我的
不能怪他
他还幼稚
为何怨他
他尚难分辨是非曲直

何必打他细皮嫩肉格外疼痛
不要愁他
他有玩的自由和天性
要理解他
距社会尚远离自然最近

如果亏待他乃是最大的犯罪
如果虐待他便是无情无义
倘若遗弃他欲置天理人伦于何处

唯有呵护助其茁壮成长
谆谆教育开发其智力
循循善诱培育其品质
诲人不倦尽到责任
尽心竭力促其成才成人

宝 贝

你是奶奶的希望
又是爷爷的寄托
当然是妈妈的心肝
更是爸爸的眼珠
还是姑姑姨姨的玩具
也是小朋友的伴侣
笑脸像春天的花朵
毛发似夏天的麦谷
预示秋天的果实
储藏着冬天的种子

我不知道世界上最可爱的
除了你还有谁
也不晓得宇宙间
最珍贵的非你莫属
只看那甜甜一笑的小嘴
充满希望和神秘的圆眼睛
还有蹦蹦跳跳的小脚小腿
以及时时刻刻
闲不住的一双小手
就知道除了你还是你

圣　旨

妈妈的话是我的圣旨
尽管我不解圣旨是何意

妈妈便是我的皇帝
哪晓得至高无上是什么道理

与小朋友争论是非曲直
我唯一的证据是拿出妈妈的话语

小伙伴间动手动脚
妈妈是我唯一的法官和救星

刮风下雨打雷
投奔的港湾便是妈妈的怀抱

妈妈呀你可知道
我心目中你是多么高大

妈妈呀可晓得你的魔力
一言一行影响我的一举一动

妈妈呀你可体会到你的神圣
既是我的妈妈又是我的老师

苍天赋予你神圣的职责
千万别辜负了光荣的使命

担　心

我担心
河边玩耍的小孩掉到水里

我担心
攀高树摘果子的小孩
与果子同跌在地

我担心
非婚生小孩没爹没妈

我担心
离异父母的小孩受到歧视

我担心
患儿的病得不到医治

我担心
挨打受气遭歧视孩子的命运

我担心
失学的小孩怎么度日

原来并不是所有孩子
都有幸福的童年
他们也面临压力和痛苦

要是没有这些担心
我心情该是多么畅顺

孙　子

你哇的一声清响脆亮
给我们奏响新的乐章
你的小鼻子小眼
给我们添了新的笑颜
你的吃吃喝喝
增加了我们的急急忙忙

你比什么都值钱
尕尕人儿赛过所有家当
区区五斤八两
强似万贯家产
傻不兮兮小不点点
调动全家团团旋转

你人小本事了得
顶得一家人人升格
本是儿子做了爸爸
原是女儿又将妈妈做
妈妈更将奶奶当
爸爸忽然成爷爷

你天生无忧无虑
何晓牵牵挂挂
胯下任你随意乱蹿

肩上由你任意攀爬
给我带来新的健身项目
便是陪你锻炼玩耍

悄 悄 话

孙子附着我的耳朵
微声细气地说了许多
其中一句是不许向别人说
说完哈哈一个笑脸

我也双手筒着胡茬嘴巴
紧紧地贴着他的小耳朵
说了些相互对应的话
我笑眯了眼睛他喜开了嘴巴
旁边看的人一个个木讷

祝 愿

娃娃你是一棵幼嫩的树苗
要经历春夏秋冬的种种磨难
才能逐渐成才长大
希望你遇到一个
勤劳智慧的园丁
娃娃你是一株刚露嫩尖的嫩芽
上面盖着土坯甚至石块
需要破土而出觅缝而长
娃娃你像是一片快要吐翠的叶片

面临着几多狂风冰雹骤雨的洗礼
可要经得住一波又一波冲击

娃娃你恰似一枚
含苞待放的花蕾
需要充足的阳光肥料和雨露
方能茁壮成长开花结果
诚盼命运别给你风沙干旱

童　梦

想如鸟儿一样自由飞翔
或骑着月牙船在天上遨游
企盼像鱼儿般游泳戏水
或似神骏那样奔跑飞驰
连小虫子都觉得好玩新奇
就那树林中捉迷藏亦快乐有趣
又觉得长辈身高马大
更羡慕叔叔肌肉块块鼓起
亦眼热高个子力大无比
还钦佩长腿走路我跑步难追
时刻盼着快快长大
处处模仿着大人的姿势

天　真

你本来就一丝不挂
哇的一声脆亮啼哭降生人世
与雏鸡小犬是那样友好相处

和花草树木没有半点距离
同黄土泥沙多么亲切
与绿水清波也是你流我湿
一颗幼小善良的心明白如镜
相识不相识均能玩在一起
像雨后清风那样清洁纯净
似山间溪水多么清亮透明
哪里有那么多恩恩怨怨
何曾见些许猜猜疑疑
哪里来那么多真真假假
何曾见些许多多少少
谁曾见那么多遮遮掩掩
何曾听些许黑白颠倒
请问堂堂须眉你有几多天真烂漫
再问个个淑女可保留几许童真清纯

鸟儿的歌

晚上躺在炕上
叔叔打开他的话匣子
鸟儿会说话鸟儿也会唱歌
我不信

一个牧人山中放牛
傍晚一头调皮小牛不知去向
牧人急得直打转
一只喜鹊飞到他面前
边飞边叫
牧人跟着鸟飞的方向找寻

拐弯抹角终于找到了小牛
牧人高兴地吹起笛子
一群鸟儿飞来欣赏
牧人吹一阵鸟儿和一阵

牧人停下吹奏
一个鸟儿一声吆喝
整群鸟儿一起响应

牧人学着鸟儿的嗓子
记下鸟歌唱的曲子
听着听着歌声渐渐远去
忽然天光大亮
我欲要听鸟儿的歌声
叔叔连同鸟儿无影无踪

婴 儿 颂

欲出世
管他白天晚上何顾风狂雨骤
不论雷鸣电闪当出则出

欲出世
那顾道旁河边不管车间田园
或是在飞机车上当出则出

欲出世
不管人多人少管他男女老少
什么官大官小欲出便出

欲出世
谁晓得是男是女哪知道是美是丑
任你评头品足端详尽净欲出便出

哇的一声
管他爱听不爱听管他喜欢不喜欢
反正我来了任人摆布和处置

默默无闻三百天哇的一声到人间
那有虚情假意啼饥号寒便是语言
生存乃第一有奶便是娘
温存也关键管他李四与张三

你的降生引得家中笑开颜
一声清脆引出人间纷纷扬扬
你的来临给前人添了新的希望
你的出世加重了长辈担子的分量

三个月要翻身表示了自由的主张
六个月就坐立要求席位占一块地方
七个月就会爬行示意不简单
一岁站立正要立地顶天
又会笑会说请问斯人怎么样
一个春秋何止一年
我一岁跨越从猿到人的过程
圆睁双眼观风物
真是至亲可爱又赞叹

张嘴便要问
天上多少星地上多少人
寻根究底问到底
难倒奶奶笑瘫爷爷

给你讲故事又唱催眠曲
手在身上打拍子睡着做梦由你去
要不打破砂锅问到底
还说砂锅不结实

骨 肉 情

你去打工一路走好
莫要嫌我太唠叨一片痴心可知晓
雏鸟虽然会飞搏击过多少电闪雷鸣
驹儿固然能奔跑何曾负重千钧驰骋万里
命运的航船多波涛长征道路坎坷不平
乘着少年英俊
应在摸爬滚打中增长本领
于升降沉浮中学会游泳
会有一帆风顺也会遇恶浪狂风
要经历春夏秋冬还要受炎凉寒冻
会观真善美好人好心
亦要辨假恶丑张张脸形
不是功成名就便是失败徒遭不幸
不是顺利到达彼岸便是挫折半途沉沦
或许是胜利的欢欣可能是失败的悲痛
不是做铁锤便是当铁砧
坦途大道任你走羊肠小道亦得行

身上的肉儿女的情丝丝缕缕牵着我的心
切莫陷入深渊绝境务要走出盘陀迷津

心　谱

女儿馋什么你妈心中最有谱
麻花巴梨卤牛肉
儿子爱什么你妈最清楚
牛肉拉面苜蓿肉

儿媳爱吃啥
你妈心中最有数
鸡腿凤爪与糟肉

不用你多说
也给孙子准备上
牛排猪排茶叶蛋

你妈爱什么
两眼摸黑心无数
敬的东西难享受

心　事

对儿女的身像身上的肉
要温都温要疼都疼

对儿女的事像骨头上的筋
割也割不断扯也扯不净

对儿女的心似那琴上的弦
一会儿铮铮一会儿嗡嗡

对儿女的情好比刮的风
一阵儿紧一阵儿松

对儿女的脸好像天上的云
有时候一片一片
有时候布满天空

对儿女的爱又如镜中的形
一会儿哭一会儿嗔

儿女的魂时时处处不离身
白天放不下夜里睡不稳

儿女啊儿女谁叫你是我的儿女
父母啊父母谁让我是你的父母

真　心

天下有的是这样的人
你待她好她也待你好
你待她不好她仍待你照旧
你幼小时她疼你
乳汁尽你吸吮浑身任你攀登
你长大了她仍疼你
宁可自己不吃也要让你吃饱

如果需要她的血液毫不吝啬
如果你身体损坏了器官
她会慷慨地捐献
当你生命危机
能一命换一命她也毫不犹豫
她没有不愿意给你的东西
可怜母亲心
你能做得到吗儿女们

弃 儿 吟

小小女婴活生生被抛弃
扔到路边无人理
若没有父母我出自何处
既然有父母为何无人来呵护
让我啼饥号寒
更遭风吹日晒受凄苦
路人议是哪个造孽的东西
有本事生无本事养
母鸡孵小鸡呵护不含糊
羔羊一落地母羊舔血污
麻雀孵小雀衔来虫子勤喂食
燕子带雏燕领它飞翔和落地
堂堂男女反不如飞禽和家畜
活脱脱一个生命都是身上的肉
疼都来不及爱得舍不得
小小不点的命怎这般苦

别　怕

真是祸从天上降听说孩子被绑架
他爸他妈你别怕天塌下来有大家
他爸他妈你别愁钱财不够众人凑
他爸他妈别着急太急生不出好主意
他爸他妈别灰心营救孩子定能成
他爸他妈你别怨坏人不怪好人冤
他爸他妈你们看公安局里有主张

主 人 颂

人 民

攒动的头颅顶着太空
天塌下来撑得起
铿锵的双脚稳踩大地
地陷下去填得平
不靠神仙皇帝
春种秋收自食其力
适人群之衣食住行用
唱万家之喜怒哀乐忧
一呼一吸滚动着历史车轮
一举一动牢系着社会脉搏
可上九天摘星揽月
能潜万丈深渊探地球奥秘
执神枪利剑织就天罗地网
投海陆空擒万里尘埃
浮撑万吨巨轮滚滚行进
亦可掀巨浪洪峰翻船沉舟
一声巨吼狂风大浪卷地起
震动山谷响彻云霄
如其脚一跺力若雷霆万钧
地球也要抖三抖

我的父老乡亲兄弟姐妹

推动着历史的车轮
你们力大无穷声若雷霆洪钟
巧似巨匠鲁班智若诸葛孔明
可发出呼风唤雨的吼声
能唱出惊天动地的强音
会画出精妙无比的画图
善写出最新最美的文字
若舞则显追风逐浪的雄姿
要动创造出震惊世界的佳绩
你们是雄浑与强力的化身
又是新时代的弄潮儿
时而站立于惊涛骇浪之巅
时而旋转于波谷浪底之中
你们又是高大粗壮的巨树
盘根大地直刺太空
任凭东西南北风劲吹
何惧炸雷闪电天塌地动
你们是改造世界的巨人
是创造伟业的功勋
是顶天立地的好汉
啊！伟大的人民群众

大　哥

我的大哥无论怎样称颂你
都难表我钦佩的心情
亦难达我崇高的敬意
你一甩开钢铁巨臂
便释放力量万钧

开出一条条隧道
通过崇山峻岭江河湖底
打开坚硬的地壳
深入厚厚的地层
开采出滚滚的煤炭矿藏
引出源源不断的天然气石油
在沸腾的金涛红浪面前
有你光彩夺目的身影
于高高的塔吊下
能闻时代的强音
从一双双巧手中
创造出一件件奇迹新闻
从车间里驾出一部部汽车
自工厂里开出一列列铁龙
一艘艘巨轮在你的号声中下水
一架架银燕呼啸升空
遨游太空的神舟号上
充满着你们的汗水和智慧
亲手开启了亿万盏明灯
勤劳筑就了千百座不夜城
你们用双手拥抱祖国大地
你们的面颊亲吻着蓝天白云
豁大的胸怀中装着民族的希望
强健的双手创造着祖国的未来
从一座座丰碑中看到了人民的自信和尊严
从惊天动地的伟绩中体会到你们是神州英雄

兄　弟

我的兄弟

你健壮得像李逵鲁智深

你炯炯目光注视雨雪风云

一双力手把握着二十四节气

将太阳从地平东线

一直背到西山下沉

又手托着月亮

从西天送到东方地平

挥舞铁锨镢头耕耘不辍

月月年年何曾停息

将山河安排得一片葱绿

把地球修理得更加美丽

用滴滴晶莹汗水

浇灌出粒粒珍珠

用厚实的脊背堆起了金山

以劳动的成果筑起银峰

双双巧手造出了绿色长城

勤劳勇敢智慧编织着美好的梦

大地赋予你忠厚善良的品行

博大胸怀凝结着幸福和爱情

你是顶天立地的英雄

你是大地的主人

姐　妹

卓玛草我的姐妹

你是祖国花园的绚丽花朵

听到你洪亮清脆的歌声
我欢欣鼓舞
看着你轻快有力的舞姿
我无比欣慰
瞧你那纵马扬鞭的雄姿
我力量倍增
你有狮子般的勇敢
又羔羊那样的善良
骏马似的体魄
雄鹰一样的机敏
你的胸襟如草原般广阔
你的品行似白云那样纯洁
你热爱高原的山山水水
你热恋家乡的一草一木
你脚踏草原头顶蓝天
双肩扛着民族的责任
你眯起炯炯有神的双眼
远望着雷炸电闪
驾驭骏马良驹
驰骋在茫茫原野
趟湖泊跨河水
驱赶成群的牛羊
慧眼观着世界的未来
双腿迈着前进的脚步
唱一腔牧民的心声
创造着灿烂的前景

校　友

我的校友

不知道这样称呼你合不合适

你近视镜片后有一双锐眼

稀疏毛发下藏着无穷智慧

你参与神舟号亲吻苍苍太空

手脚涉汪洋大海搏击恶浪狂风

南极洲上曾尝冰卧雪

北极洋里亦探五洲风云

丝丝粒粒尽看微观世界

偌大苍穹细察太空奥秘

于原始森林中你们与大熊猫交上朋友

在茫茫戈壁上留下你们的足迹

珠穆朗玛峰顶插上了五星红旗

于一个个盆地中探出珠宝

从鱼化石上断出了地球的年龄

从天体演变中测算宇宙的未来

操纵机器人探囊取物

使唤计算机秒转千万亿数据

挖掘古迹破解祖宗谜团

五尺讲台耕耘不辍诲人不倦

栋梁英才成千上万乃是成绩

站在科技前沿占领制高点

扼命运咽喉显示中华神威

出妙招提升综合国力

献奇谋推动神州进步

我的校友

钦敬有加感叹不已

可爱的人

可爱的解放军
我们的子弟兵
一想到你们我浑身带劲
我为什么这样放心
因为我胸中有百万雄兵
我为啥如此安宁
因为有你们守望和巡逻
你们的足迹踏遍
神州的每寸土地
哪一处哨卡
没有你们伟岸的身影
银鹰在领空中翱翔
舰艇于领海中巡行
千里眼紧盯着无际领空
顺风耳监视着细微动静
万里乾坤自有孙大圣把守
多少尘埃当由金箍棒澄清
一座座丰碑
雕刻着你们的忠诚和功勋
一朵朵鲜花
便是最好的证明

解放军兄弟
你是我最可爱的人
口令声震寰宇
动作雷厉风行

举手敬礼风卷旗
刀光剑影闪何速
眼观六路风云
耳听八方动静
指挥员与战斗员
上下左右如一人
只看鼻尖尖左右一条线
如若向前看前后一道行
与人民心连心
同祖国共命运
刀山火海都敢闯
何怕流血与牺牲
实是江山的主心骨
真乃神州的铁脊梁

挑　夫

你将种子挑向阡陌
又把金谷担回仓库
把肉菜担向城市
又将日用品挑到乡村
把树苗运向山谷沙漠
将大地染成葱翠嫩绿
头顶着蓝天脚踩着大地
肩头上扛着大众的兴衰命运
一条扁担连接江河两岸
几根绳索系着东西南北
将历史挑到现在
又将现在担向未来

新 时 代

太阳为什么这样美丽
那是遇上了极好的时代
风儿为啥这样和顺
因为历史进到了崭新的环境
云儿为什么自由卷舒
因为有银燕相伴相随
太空响的是什么佳讯
那是神舟号发出的时代强音
改革的激流
荡去了陈年积垢
开放的清风
复苏了万物种种
早睡早醒的智者
讲出了治国复兴的金囊妙计
睡意朦胧的青年
做着甜蜜的好梦
美妙的笛孔里
流不尽悦耳的佳韵
洪亮的嗓音里
唱不尽动听的激情
引得我精神振奋
鼓舞我干劲倍增
请让我跟你们一道前进
我愿意分享奋进的荣幸

祖 国

巨 人 颂

你曾领跑世界科技一千年
曾拥有过全球三分之一的财富
如果睡着了
全世界会减少多少纷呈
倘若醒来了
地球上将增添多少精彩
你喊一声如狮子吼
地球会抖动世人将震惊
若是害病了
谁都无法医治全靠自救
若是开动脑筋发明发现数不尽
如果鼓起劲来尽创造世界奇迹
你的歌声各国都爱听一听
你的朋友遍天下
世人都愿与你结友谊
要是懒惰了谁也养活不起
你的凝聚力
固若金汤任是谁也拆不散
你的刚毅坚韧
九牛二虎一头大象也拉不断
五千年的文化
无论谁也抹不去你的辉煌

你的意志任何强大力量

也休想征服

你财富如山却很节俭

你力大无穷并不欺负人

虽伟岸魁梧从不自高自大

纵然与众不同但很融洽合群

真善美的品德

像宝石一样闪闪发光

你的街市遍建各国都城

你的儿女遍布全球各地

你的智慧堪称东方哲人

你的美食世人啧啧称颂

你的美誉全球有口皆碑

你的温馨贤惠

世人皆有感触

祖　国

我爱游山逛景

尤爱在祖国旅游

爱读数千年的文字记载

也爱读伟大祖国这本洋洋大书

我热爱祖国的山山水水

也热爱祖国的一草一木

我忘不掉你悠久的历史

我珍惜你光辉灿烂的文化

无限敬仰世世代代

开拓进取的列祖列宗

我钦佩为祖国增光添彩的志士仁人

我深情地眷恋着祖国的现在

又强烈地憧憬着祖国的美好未来

我曾从帕米尔高原起步
每天迎着朝阳东进
行程一万多里
来到黑龙江乌苏里江汇合处
又从漠河以北出发
到达南沙群岛的曾母暗沙
俯瞰辽阔大地
那巍巍群山茫茫草原
那巨大的盆地和浩瀚无垠的沙漠
漫长而曲折的海岸线
与众多国家接壤的国境线
广大无际的平原
婀娜多姿的崇山峻岭
我无不为祖国
幅员辽阔所赞叹
又被那壮丽山河肥沃土地所倾倒

再从东海岛屿起程西行
跨过大陆架拾级而上
明镜似的湖泊波光粼粼
波涛滚滚的江河
蜘蛛网似的公路铁道
穿梭往来的车辆
纵横交错的运河水道
如鱼游行的舟楫船舶
恰一片生机勃勃的土地
好一派欣欣向荣的景象
激动得我心潮澎湃

真正令人精神振奋

收拾行囊上路
匆匆再往西行
风吹草低见牛羊的内蒙古草原
沟壑纵横的黄土高原
天府之国的四川盆地
四季分明的云贵高原
那怪石嶙峋的石林
突兀拔起的山峰
钟乳石倒挂的溶洞
时隐时现的地下河流
令我惊险又好奇
使人望而生畏又想看个究竟
本在地上又似在天上
是在人间又像在仙境
要有那孙悟空的筋斗云功夫
或长三头六眼会七十二变
方能踏遍山山水水
看个清清楚楚
真个是天工造化秀
仙境美景露峥嵘
阅尽人间春色
无愧来此一趟

更有那神奇无比的青藏高原
无边无际的草地牧场
巍巍的昆仑雪山
令我头昏目眩的高大珠峰
这就是世界的屋脊

地球的第三极

无穷无尽的雪山

造就了无数湖泊

流不尽的雪水

引出了几多大江大河

白天烈日当空高照

夜晚大雨淅淅沥沥

水映碧蓝万里晴空

朵朵白云在水中卷舒

巨人母亲的肥大丰乳

蕴藏取之不尽的甘甜乳汁

日日夜夜流淌到神州大地

哺育着千百万华夏儿女

黄河长江的发源地

伟大的母亲巨大的丰乳

请看千百条河流

滔滔不绝纵横奔流在

祖国大地

流量居世界前列

水利资源占世界首位

我想不到印度洋里有你的柔波

北冰洋里也有你的成分

太平洋里不用说

有你的伟大贡献

或流入原野造福当地

或渗入沙漠滋润荒原

君不见扬子江

身长六千三百多公里

横贯十一个省市

灌溉了多少肥田沃土
奉献了多少水利电力
方便了多少交通运输
养育了多少中华儿女
真是功勋卓著谁堪与比
再看伟大黄河
身长五千四百公里
自古以来流经华夏大地
以黄油般的乳汁
养育着北国人民
以那神奇的魅力
成了华夏文明的发祥地
造福于世世代代的中华儿女
也演绎出多少悲壮的历史
经历几多灾难痛苦
引出多少战洪宏图
新中国使你重获新生
再现出往昔的青春风采

还有那南北贯穿四省的京杭大运河
全长一千七百九十四公里
是世界开凿最早
里程最长的人工运河
千百年以来
舟船南来北往
几多方便万千游客
贸易货物造福多少朝廷黎民
无亏是中华民族的不朽杰作
堪称为世界史上的千古奇迹
再看成百上千的湖泊

即像珍珠更似明镜
镶嵌在祖国的大地上
青海湖纳木错鄱阳湖洞庭湖
洪泽湖太湖微山湖巢湖
还有这个海那个池
或波光粼粼或熠熠闪光
美化了万里锦绣江山

抬望眼东南方
渤海和黄海东海与南海
广置于祖国大陆的海边
形成了漫长曲折的海岸线
是祖国陆地的门户
又是祖国海防的屏障
连通海外的通道
发展世界贸易的良港
广大的海洋
蕴藏着丰富的矿藏
几十种元素的丰富含量
具有可观的经济价值
海洋的潮汐
蕴藏着巨大的能量
索取海洋动力前景无限

我又从东岳泰山
迈向西岳华山
经北岳恒山过中岳嵩山
到达南岳衡山
大有五岳归来不看山之感
及至又去安徽黄山

巍峨挺拔七十二高峰
千姿百态迎客青松
山体忽而淡抹轻装打扮
忽而又银涛滚滚云遮雾障
更有黄山归来不看岳之快
未料更有峰峦奇绝雄壮挺拔
瀑布飘带三千丈之庐山
雄伟壮观的贵州黄果树瀑布
还有令人难忘的峨眉山奇观
真正是川中名山天下秀
君可观过苏州园林沧浪亭和狮子林
拙政园与留园集江南园林之精华
汇宋元明清之风格
名扬华夏享誉全球
更有那杭州风光
西湖山水得天独厚
钱塘潮奔腾咆哮
怒潮似万箭齐发
巨浪如万马奔腾

多姿多彩的自然风光
灿烂辉煌的名胜古迹
把江山打扮得分外妖娆
将祖国点缀得美丽壮观
复杂多变的气候
堪称世界少有
有长冬无夏日的黑龙江漠河
又有长夏无冬的海南椰林宝岛
东南沿海温暖湿润
西部地带则干旱少雨

寒暑剧烈变化
昼夜温差巨大
早穿皮袄午穿纱
抱着火炉吃西瓜
那唐古拉山上
时而烈日当头
时而乌云滚滚
一阵儿唰唰下雨
一阵儿白雪纷纷
酷似怪小姐的脾气
哭笑无常琢磨不透
云南贵州一些地方
十里不同天
从山顶到山脚
寒带温带热带具齐全
复杂多变的气候
造就丰富多彩的动植物资源
一个冬天我从北向南行
不得不断地脱衣裳
一会儿脱去棉衣
再一会儿脱去毛衣
过一阵又脱去线衣
到了海南岛只剩下短裤汗衫
仍酷热难当
返回来我由南飞向西北
一会儿加线衣
再一会儿加毛衣
直至穿上棉衣回家

情　结

你是威力强大的磁场
吸引着亿万铁骨铮铮的儿女
你是难以稀释的血液
你是解不开的结
千丝万缕紧紧相连
你是同文的书
千言万语一脉相通
你是割不断的魂
千里万里一线所牵
你是吹不散的花味
一年四季放出馨香
你是连着骨肉的筋
你是不了的情
自古不变直到永远

风　骨

你像苍松翠柏
无论寒暑不改其色
你是永不沉没的巨轮
惊涛骇浪奈你若何
你像巍峨的泰山
雷鸣电闪何曾动容
你是常青树
岁月不能使你苍老
母亲这就是伟大的你
祖国你本就是这样

匹夫情

一片开缺的海棠叶
总刻在我心里
是否有雷炸电闪狂风暴雨
我怎能熟视无睹

又像是一只雄鸡
你引颈鸣唱
我为你雄壮强健欣慰
对你的安全何能等闲

你是否平安
四周的军舰导弹
或是飞机大炮
对着何方
我何能视而不见
一朵朵花儿
在园中竞相开放
是否有冰雹从天而降
或沙尘暴袭来
我生怕你受到摧残

百年沧桑母亲
历经磨难艰险
好不容易露出笑颜
你的儿子
切盼你身体强壮
长治久安

欢 欣

跳吧尽情地跳吧
跳出我们无比的欢喜

跳吧鼓劲地跳吧
跳出我们浑身的兴奋

辽阔的大地百花争艳
亿万神州喜笑颜开
同庆母亲五十寿诞

跳吧为母亲的健康足蹈手舞
为母亲长寿安康手舞足蹈

母 亲 河

你的岁数有多大
做儿女的我不知道
是否和宇宙同庚
或与地球同岁

你灌溉过多少土地
我也不知道
只晓得华夏的耕地草场
你滋润一遍又一遍
一年又一年

你养育过多少子女

我也说不清
世世代代的儿子女儿
都吸吮过你甘甜的乳汁

而你的脾气
我可知道
时而平和温顺
时而雷霆大发
淹没田园农舍

你的命运也时好时坏
也许脾气好坏与此相关
几多劫难几多安康
终于迎来繁荣昌盛的今天

你的儿女
大多尊敬孝顺
涵养水源广种草木
使你肌体丰腴乳汁充盈

也有些许不肖子孙
只知吸吮不顾养护
只顾索取不讲孝顺
致使你贵体欠安病患频繁

我们要做孝顺你的儿女
敬你的尊容护你的肌体
使你健康长寿
使你永葆青春

乡　情

井

我家乡这眼井水位原来很浅
约有一米左右深
用长把水瓢可以把水打到锅里
后来水位越来越低了
井深从一米到后来的三十米六十米
从前是人工掏
现在挖井用机器
这眼井的井水很清
爬在井栏往下看
很像一面明镜子
我们小孩每每照井镜子
做怪相看谁做得最神气
现在的水井太深了
望不到底看不清人
更不能照井镜子做怪相

最忘不掉老家的水井还因为
这眼井的水很甜
大人来担水小孩围着看
最是酷暑天井水最清凉
水桶未放稳
双手捧上就往嘴里灌

真是解渴最是极甜
这井水做的饭也很好吃
熬的那小米粥又甜又香
据说酿的酒能醉人心房
出门在外喝那自来水
似有一股异味
总觉得不对口味
还有那汽水矿泉水
纯净水都不错
可总也忘不掉
这眼井的家乡水
听说这眼井更深了
水快要枯竭了
若是这样下去
我们的子子孙孙该怎么生存
这眼井
若是仍像往昔那样浅
水仍旧那样清澈透明
该多诱人啊
如果水仍是那样甜
倘若能再照井镜子做怪相
那该有多高兴

乡　情

告别家乡远走高飞
衣食住行用样样自办
那顾得儿女情长
读书上课做作业

用尽了心血

新的天地新的人缘

占满了空间

偶然有空

思念一闪一现

虽然有美意

纸笔岂能尽传

深也不妥浅也不当

是也难说非也难言

外面的生活

酸也有甜也有

苦亦有辣亦有

不置身其境何能体验

世事如风似水

命运似叶如舟

纵然是时过境迁人事非

乡里乡情岂能忘

乡　恋

时有乡亲来探问

每每勾起我缕缕情

开口不离田园事

闭口便谈乡亲们

河沿地上种过小麦

推着小车送过粪肥

房前屋后种过菜豆

渠边井旁种过柳树

黑夜里抢季节浇过水

渠上游为争水打过架吵过嘴

红通通的苹果挂满树枝

沉甸甸的西瓜南瓜铺满地

赶着牛车去粮站排过长队

卖过余粮

还缴过农业税

我曾把旭日背到西山

又熬到月落星稀

一起脚踩大地观过风云集会

共同头顶蓝天汗滴禾下沃土

黄土层里刨过生活

井旁渠边度过日月

尺把之躯长到一米七

五斤体重增到一百二

是这块土地养育了我的身体

是乡亲们呵护我长大成人

我纵然背井离乡远走高飞

故土的情

乡亲的意何能忘记

我虽然异地安家立业

乡亲们仍坚守在故乡故土

辛劳操作不曾须臾松懈

完粮纳税何曾短两少斤

我吃着皇粮靠着财政

归根结底靠的是父老乡亲

我身上的衣沾着乡亲们的汗

滴滴血脉通着故乡的山山水水

缕缕情系着乡里乡亲

这是一块充满希望的土地

乡　景

一个早醒的清晨
我漫步在村庄小道田埂
东方渐渐发白
旭日冉冉升起
霎时间霞光万道
染红彩云洒遍大地
秋高气爽倍觉清新
林木穿着红装果实闪着金光
麻雀喜鹊
牛羊争先恐后奔向广阔原野
乡亲迎着朝霞去收获劳动的果实
骡马大车迅驰在村边田野
吆喝声喧哗声回荡在田野的上空
这里曾经是古代的战场
也曾是未垦的要地
闪耀过几多刀光剑影
经历过多少战火与繁荣
丝绸古道交换了无数物品
东西交通迎送了几多客人
驼铃声声划破长空
交响在古道长城
红军的足迹又踏遍了每寸土地
烈士的鲜血又洒遍广袤河西
子承父业推动车轮
世世代代生生息息
演绎着长辈的故事

创造着崭新的业绩

书写着壮丽的史书

歌唱着多彩的生活

颂歌飞扬在白雪皑皑的祁连山脉

故事散播于纵横交错的座座村落

亘古无垠的锦绣山河

美丽动听的琴声歌喉

怎不令人激动振奋

怎不使人流连忘返

乡 思

乡思如一股丝线

总是连着我和家乡

似一只放飞的风筝

线绳的一头便是家乡

最早的羊肠小路我走过

后来马车土路

还有那三弦琴的弹奏

传递着悠悠乡情

震动着我的神经

缕缕连着我的思念

电话线送来故土的声音

一张张见过的脸

一件件经过的事

田野村庄溪水道路

不时在枕头上回旋

缕缕乡思

不是在这儿交叉

便是在那里打结
牢牢地拴着我和我的乡亲
魂绕梦牵难分离

月　饼

老家的月饼比月亮还大
红姜黄苦豆子胡麻
一层一个颜色
比皎洁的月光多彩
面捏的鸡兔牛马猪羊
十二生肖栩栩如生
更有胖娃娃
在月饼上打闹嬉戏
这是献给嫦娥娘娘的礼品
解她的寂寞
讨她的欢欣
也许是天上无云
可能是家乡距月亮最近
或者是儿时的眼睛最明
还有是格外兴奋
总是又大又明
无论走到何处
再未尝到故乡又大又圆的月饼
夜深人静皓月当空
梦着老家的月饼

乡　愁

五九六九沿河看柳

小孩拍手大人欢欣

大地复苏万物萌动

阵阵春风暖意处处生机盎然

突然春寒复来蓦地气温骤降

走石飞沙刺人眼睛

黄尘滚滚遮天蔽日

如滔滔而来的洪水

又似在美丽的图画泼了一瓶墨水

又像倒塌下来的山峰

淹没了碧绿的田野

顿时昏天黑地

伸手不见五指

牛羊随风滚动

学童难认归路

老师六神无主

父母呐喊寻儿

一天一夜大风过后

大地生气荡然不存

房倒屋塌一片残景

千家万户寂静死沉

树木枝干叶颓

水井眼眼干枯

最伤的是放学回家的小学生

竟然被刮到渠中

寻 梦

绿草碧水的河湾

将我的思绪引向童年

原来这就是我跳水戏水的地方

历历在目原模原样

一渠清水缓缓流来

下面一个偌大的水池

水流一泻而下扑入池中

激起无数浪花我们顺流跳下

游几圈后浮出水面

再跳下复游出

循环往复尽情玩耍

那一片河湾地

曾是我们放牧的地方

水草丰茂湖水荡漾

牛羊自由自在地吃草饮水

我们牧童于柳荫下游戏

在玩耍中生活

于嬉戏中成长

循环往复以至无穷

世世代代何曾间断

还有那青翠凝聚的一团碧绿

又是另一滩河湾地

白杨柳树灌木好大一片

青草似地毯铺满林中地面

泉眼喷涌溪水纵横交错

野兔野鸭野鸡成群

在树中草上自由竞逐

于天地之间尽享其乐
我曾是它们的邻居
或者是它们当中的一员
树上筑有它们的巢
树旁有我住的房
享受这里的一草一木
一起在这里嬉戏生活
也可能都有过悲伤
也享受过共同的快乐
冬季我们随大人去林中冬游
有的破冰捞鱼
有的放鹰捉兔
这群勤劳善良智慧的乡民
他们坚守在这里
主宰着这块土地
头顶起这里的天空
演绎着先辈的故事
创造着今天的历史
开辟着未来的前景
他们是这块土地的真正主人
你们是创造历史的英雄
我的身子飞了出去
我的心忘不了这里
一瓣在新地一瓣在故土

心 情

寸 心

我宁愿是一张供人写字作画的纸
尽管人们只欣赏上面的精美文字
或者评品那惟妙惟肖的图画
无暇顾我一眼我也不在乎

我心甘情愿是一条小溪
虽然被湖泊看不起
也没有江河壮观雄伟
我仍一个劲向前流动
做大海大洋的一股

我不觉得是一棵小草就委屈
尽管形体细小如丝
更缺乏姹紫嫣红的风姿
仍要倔强地吐翠泛绿
好为山川添一点绿意
报那三春的光辉

泪 珠

别只通过门缝看人
因为窄小的门缝装不下一个完人

不要总用自己的框框套人
别人与自己毕竟不同

别总是忧愁生气
因为感情里还有欢乐高兴的成分

不要让泪水像一串珠子做眼帘
因为看东西是眼睛的功能

值　得

同学个个花甲之年
无论男女都要退休赋闲
热心者联络串通
有约而来民俗饭店
宴上虽无山珍海味
摆满野菜特产杂粮
经得起咀嚼
耐得住回味品尝
更加同学无拘无束
夸奖揭短叙事有趣
划拳行令增添热闹
花钱不多可口合胃
东南西北情投意合
说笑友谊吃喝助兴
值得

工资不多超过八百元
按资格该缴个人所得税

虽然区区微小数目
十元八元尽了义务
马路上的道牙有我贡献
路灯处处有我的亮光
山上的树木有我的枝叶
高楼大厦中有我一砖一瓦
琅琅读书声寄托了我的期望
警服军装或许有我的一丝一线
社会的安康中可能有我的贡献
税款不多是我的心愿
不遗不欠不嫌麻烦
值得

耳听了民众的真实意愿
眼看了社会环境的实际情况
在报纸上发表了小小文章
于协商会上提了建议提案
从内心里谈了细细观点
摆出了一一的改进意见
虽非高招高见锦囊妙计
亦表达了基层的主张希望
或许是操了闲心多管闲事
亦助于工作前进社会发展
纵然是劳思伤神亦心甘情愿
值得

有幸得到大众的提名推荐
机遇又派我任职上岗
伏路把关在哨卡门房

心　情

每人进入都要细问情详
货物进出查明来龙去脉
给来往人指出门路方便
排除了一个个水患火情
逮住了偶然的盗贼小偷
维护了单位的工作秩序
保证了职工工作生活的安宁
虽然琐事烦人日夜辛苦
值得

早就经过了青春年少
何曾在操场摇旗呐喊
偶然有机会得到门票一张
球场中看台上度过半天
只见一个盘带拐弯又抹角
转眼又绕过了几多好汉重重拦截
突然一记起脚劲射
对方猝不及防破网入门
整个赛场狂欢沸腾
孤寂沉默了多少日月
我不信自个儿竟也大喊大叫
纵然是风吹日晒大半天
也焦急中等待高兴得发狂
值得

耕耘于区区五尺讲台
奔波于莘莘学子之间
登攀在书山丛林里边
苦游于学海汪洋上面

为一字一词寻根究底
为一个学生苦口婆心
盼他们听好每一堂课
希望个个掌握公式要领
心系科教兴国大业辉煌
事关子孙后代万世兴旺
纵然心神焦虑满头白雪
筋疲力尽口干舌燥
值得

虽自个儿两鬓染霜
给白发苍苍的老人让了座
虽我年迈体弱
愿给怀抱婴儿的母亲一个方便
希望困难者得到帮扶
图蛮横者得到抑制
看到一波善意的眼神心中甜蜜
听到一声热情的谢意亦觉快活
欲拿着望远镜观事看人
想戴着显微镜检查自己的言行
于人于事不值一提
于我一言一行注意
值得

年迈力衰之际
回首人生之路
为国家的繁荣洒过汗水
为人民的幸福举手投足
对组织不曾三心二意

对单位确已尽心竭力
向亲人略表过寸心点点
对家乡父老不曾懊悔抹黑
亦步亦趋脚印不深却也踏实牢固
一举一动虽不光彩夺目亦有亮点
本领大小并不由人
奉献多少尽了努力
降生到人世来回走一趟
蓦然回首无愧良心一颗
值得

钞　票

有一样东西是那样奇特非凡
它可以离开人而人少不了它
它并不美丽漂亮
人人却向它投来羡慕的眼光
其实它并无滋味
男女老少都能嗅出它的味道
它虽然不长腿脚
却能到处跑
虽然未生出翅膀但能远走高飞
它很有分量却不论它的斤两
若论它的形状质地
则方的圆的薄的厚的纸的金的皆有
它有灵性可不认人的模样
虽一幅冷面孔人人却喜欢它
若亏了它则压得你喘不过气翻不过身
靠着它一夜之间可成巨富大贾

若不理它便永远一贫如洗
它犹如万能的尺子会衡量谁贫谁富
虽不长眼认人却会介绍买卖成交生意
虽不懂囤积居奇
却会像水那样该蓄则蓄该放则放
亦不晓诚实守信为何意
但可赊购赊销到期如数支付
它又托黄金白银
在世界市场上购买商品
在国家之间相互转移
它又可点石成金
投入生产可产出商品
投入科技可促进发展
投入学校可培养出人才
投入环境可使江山披锦绣
投入航天可上九天揽月
投入海洋可下五洋捉鳖
简直是万能的钥匙
世间的灵物通神的宝贝

有了它财大气粗说话走调
少了它人穷志短低三下四
抛掷它可收买少廉寡耻
欲得到它又可卖主求荣
为了它黄花闺女忍辱含羞作娼卖淫
为了它夫妻离异另结富人
为了它妙龄女郎下嫁八十老翁
走私贩私坑害国家
贪赃枉法贪污受贿

不顾他人家破人亡
重赏之下必有勇夫
杀人越货铤而走险
撬门扭锁入室行窃
持枪行凶抢银行
制假贩假以假乱真
拐卖妇女儿童坑人害命
它不作恶而人用它作恶
它不行善而人用它行善

不要以为它是最贵重的
宝贵的生命哪有价格
莫要把其视作富贵的砝码
圣洁纯真爱情哪里有价
莫要以为挥金如土最为尊贵
奉献大众更高贵
不要以为只有票子才闪闪发亮
奖杯奖状丰碑则更光彩夺目
不要以为有钱可心买到一切
岂能用原则与金钱做交易
你相信有钱能使鬼推磨
然高贵的人格尊严岂能用钱使唤
卖国求荣者遗臭万年
为国牺牲者则青史留名人民永记
不要以为一本万利为最高明
为国富民强谋算方是绝顶的聪明
图钱发财别以为是极有价值的追求
主义信仰方是至高无上的抱负
存金积银可一辈子享受

而无形财富亦可造福子孙后代

健　忘

忘记恩怨便是超脱
忘记痛苦即是幸福
忘记经验乃是愚人
忘记伤疤定是蠢人

牢　记

记住那些美好的事情
它能给你带来快乐
记住那些高尚的人
他能给你带来希望
记住那些惠顾
它能使人感到幸福
记着那些肚里撑船的人
那是一个宽大的胸怀
记着那些真正的友谊
它可以使你真诚纯洁

疼 爱

之一

你在父母心中的分量
你在家庭中的地位
你是父母身上的一块精肉
你一举一动牵着父母的神经

之二

自己吃过的苦
不希望你再吃
自己走过的曲折道路
不希望你再走第二次
自己受过的委屈苦楚
不希望你再遇着星星点点

之三

炎炎烈日下怕热着你
萧瑟秋风起怕凉着你
满天飞雪时怕冻着你
乍暖还寒时担心你感冒
怕饿着让你多吃点
担心渴着让你多喝些

险峻山路担心你摔着
低处洼处又怕砸着
车多生怕你碰着
人多又怕你挤着
未按时回家怕有闪失
病在你身上疼在父母心上

之四

为了你们好时时处处把心操
希望你做对每道数学题
要求你别错一个字
希望你交个好朋友
劝你别交坏朋友
盼望你考上好学校
为了这个希望你大大有出息
一切的一切
将期望寄托在你们身上

之五

未免期望过高不切实际
未免心情太切操之过急
未免要求过严超过了你的承受能力
未免恨铁不成钢
真理前进一步变成谬误
未免恨木不成材
过急火上浇了油
生怕成虫不成龙耽搁了前程

担心错过良机误了你终身

之六

父母之心何其良苦
父母之口何嫌啰唆
未嫁未娶不解人生
未生未养不解父母
其疼也是爱的表现
其骂乃是呵护的语言
巴掌手心亦有真情的显示
那恨也是无奈的流露

之七

只有期望盼着你们好
别无他图只是为了你们好
唯有寄托不为别的什么
除此之外一无所求

之八

要理解长辈那颗真心
应体会父母那片痴情
越亲的人爱之愈切
亲生的骨肉伤着最疼
切莫反目为仇出轨越矩
掌握分寸别透了骨伤着心
务必从亲情中体会
务必从挚爱中理解

大 地

之一

大地我的母亲
我们的远祖已化为沙壤
沙壤又孕育了无数的子孙
我便是你无数子孙之一

大地
可爱的母亲
是你孕育了万物
大片大片的植物
成堆成群的动物
也孕育了我的祖先
凡地上的生物都是你的子孙
你提供了稻黍稷麦豆
又提供了树叶兽皮棉麻蚕丝
还有巢臼洞穴房屋
挪动距离的牛驴骆驼骡马
以及用的器具珍珠玛瑙山石

之二

你是我们的乐园
有津津有味的琼浆玉液

有可口的美味佳肴
吸着你清新的空气
吮着香甜的乳汁
你用唇吻着我的脸颊
用手轻轻拍着我的背脊
哼着轻缓婉转的摇篮曲
使我尽享温柔甜蜜爱抚的幸福
你美丽的容颜动听的歌曲
将我带入甜蜜的梦境
我眼帘低垂梦见金光闪闪
一个乌发大眼的女郎邀我去玩
这里多温柔甜蜜
我哪能离开你的温存和母爱

之三

你将什么都安排得周到
丰茂的水草喂养牛羊骡马
茂密的森林
供鸟雀栖息走兽生息
浩瀚的海洋湖泊河流溪水
为鱼虾水族游泳繁殖
不尽的矿藏物料
供人开采应用
滚滚的麦浪飘香的稻田
产出大量的食品热量
万事万物皆井井有条
你真是万能的母亲

之四

大地我们的母亲

我感觉到你心跳的节奏

我听得清你的歌声

大海涛翻浪滚的咆哮

大江大河的轰鸣

溪水的淙淙

山谷的回音

鸟儿的鸣唱

骡马的嘶鸣

狮子的吼声

老虎的呼啸

唰唰的雨声

以及你呼吸吹风的鼾声

多么悦耳的交响乐

还有万籁俱寂般

大雪的降临

此处无声胜有声

之五

大地母亲

你又是美的化身

山川大地的青翠

溪水江河的碧绿

风光无限的险峰

婀娜多姿的峻岭

怪石嶙峋的山谷

一泄千丈的瀑布
挺拔粗壮的松柏
随风摇曳的丛竹
拐弯抹角的盘山道
回环曲折的山涧溪水
鸿雁的陈列
苍鹰的翱翔
鹿儿的迅驰
鱼儿畅游跳跃
忙碌的蜜蜂
双飞的蝴蝶
还有雪白的梅花杏花
鲜红的桃花
五颜六色的月季兰花
姹紫嫣红的牡丹芍药
金色的葵花菊花
色彩斑斓的服饰
婆娑多姿的身影
令人赏心悦目
使人眼花缭乱

之六

大地母亲
你给了我生命
也赋予我灵魂
只有无私奉献
从不索要回赠
便是这灵魂的精髓

自主自由健康地赋生

勿恃强凌弱摧残生灵

和平友好随缘相处乃是你的精神

膝下万物一样供养一样对待

盼只盼自然万物和谐发展

方方面面相安无事便是你的良苦用心

之七

可爱的大地

凭我的感觉

你有美好的梦

一年四季风调雨顺

遍体水草丰腴

春季处处嫩芽复萌

树木枝繁叶茂花儿竞相绽放

秋季金谷饱满瓜果飘香

你爱听丰收的颂歌

喜欢欣赏美丽的舞姿

要不有时你静气平心

有时为什么地动山摇

之八

作为大地的儿子

我的心与你相通

那山岭的阳坡是你的怀抱

那儿是多么的温暖

阴坡似你的后背

是你背我的脊梁

绿绒般细软的草皮

是你备的襁褓好让儿女睡得甜蜜

湿软的沙壤是你造的摇篮

好让儿女过得舒服

温暖的土地是你铺的阳光道

好让儿女走着自在

清纯的溪水是何等甘冽甜蜜

好让儿女饮用沐浴

看着儿女欢乐的生活

你一定心满意足欣慰

之九

你有无数的孝子

他们多么孝敬自己的母亲

他们广植草木

使你盖上了绿被

他们培育姹紫嫣红的鲜花

使你穿得分外妖娆

有的建造了一座座碧波平湖

使你体态舒服心旷神怡

最是那些辛劳的工人农民花匠园丁

将你打扮得靓丽整洁

你也心疼那些无知少识的子孙

他们违背了你的意愿

或者任意砍伐树木

致使你满目疮痍

或者滥垦乱牧

弄得你毛发稀疏
有的让山羊守护树木
有的疏忽金甲虫的阴谋
弄得你毛发尽失
咬得根须皆断
水土流失
致使你肌肤干燥龟裂
沟壑纵横处处断层
导致洪涝干旱不断
风灾频仍浮尘飞扬
沙暴横行
但愿你的子子孙孙
我的左邻右舍兄弟姐妹
个个足智聪慧
对你孝顺孝敬
赡养你周到仔细
勿惹你生气

之十

在秋高气爽的季节
于收获劳动的间隙
我躺在你宽大的怀里
枕着你粗壮的胳臂
仰望着蓝蓝的长天
那是多么的遥远神秘
高深的天无边无际
朵朵白云任卷任舒
炎炎烈日喷射出万道金光

引我浮想联翩神思缕缕

古人云

天是父地是母

居住其间的我等黎民皆是臣子

我甚是狐疑

我承认天的高大神秘

遥望穹隆似的苍天

我难以高攀

只有敬而远之

然而我更爱大地

深情地热恋着可爱的母亲

我曾经乘飞机高飞

飞遍东西南北

升入欧亚大陆美洲的天上

跨越太平洋大西洋的高空

飞得越远心悬得愈远

飞得越高心悬得愈高

飞机一着陆

我的心也落了地

因为我回到了母亲的怀抱

我知道你历经艰辛

几多劳累几多困顿

我企盼你身体健康少有疾病

我希望你永葆青春永远美丽

希望你生机盎然精力旺盛

这便是我赤子的一片心意

因为有你的健康

便有我们的幸福

劝　学

之一

聪明伶俐的后生
为你可惜为你含恨
惜你好铁不成钢
恨你苗木未成材
你好不容易跨进高校大门
就读于窗明几净的课堂
高明的老师为你授课
优秀的学子与你同窗
巍巍书山让你攀登
茫茫学海任你遨游
你怎置学业于不顾
离校逃遁专事恋情

之二

深造的机会何曾易得
同龄人圆大学梦者几何
天资聪颖者并非少啊
因家境贫寒挑起了生活重担
勤学苦练者并不少见
只因一分之差名落孙山
沙里淘金筛了又筛

留惋惜悔终生者也不新鲜
呕心沥血准备高考
熬了多少个不眠之夜
天晚了不觉其黑
天亮了不知其晓
滴水未进未觉口渴
该吃饭了不觉腹饿
头发掉了一大把
体重减轻十斤多
是梦是醒甚模糊
是亲是朋亦恍惚
学子云集诸考场
高考完毕人瘫痪
结果未出心胆悬
问号挂在脑门上
如今圆了大学梦
前功尽弃为哪般

之三

你哪里知道父母的辛酸
屎一把尿一把拉扯你长大
省吃俭用送你上小学
东挪西凑供你进中学
再苦再累不让你干家务
好把时间精力集中在学习上
为了不亏你身体
无论如何保证你营养
你学习时旁人不敢大声说话

蹑手蹑脚为的是让你聚精会神
高考那阵你是不曾轻松
而父母的神经绷得更紧
总怕你准备不充分
生怕你考不好承受不了命运
明里把希望寄托在你身上
暗里为你使劲加油
不图你出人头地
只盼你大有出息
只可惜父母的心血
万不该把亲人的苦心置之脑后

之四

堂堂中华之神州
悠悠五千年历史
俊才贤哲知多少
无不是苦学不辍获成功
你父教师训皆不顾
自己不学何人过
书山有路勤为径
不勤怎登书山路
学海无涯苦作舟
作舟不苦如何渡
王冕依僧坐佛膝
通宵达旦终学成
大禹之圣珍惜寸阴
陶侃之贤且惜分阴
你区区半瓶酱醋

怎能废青春的光阴
车胤囊萤读书传为佳话
你废学成奸如何见人
一分天资九分勤奋
你的勤奋何在何能

之五

学业婚恋天理人情
孰轻孰重掂量分寸
两者兼顾岂不甚好
弃学纵情于理不顺
异性相吸人之常情
如何婚恋迷了心窍
怎能悖人伦与天理
如何能失了章法规矩
怎么能丢了本职胡作非为
怎么能本末倒置失足成恨

之六

面对低首难堪的学子
我为师心不静神不宁
跺脚捶胸为之惋惜
又恨又痛心气难平
若不处理当然不行
众目睽睽如何服人
严肃纲纪给以处分
你等前程顿成泡影

左右为难依律而行
疑虑重重做出决定
将你除名以儆效尤
警示别人禁之戒之
前车之履后车之鉴
我为人师长惟盼学子出息
恨不得将生平所学尽传于你
哪里想保留一点半丝
渴望汝等学有所成
想看满堂个个成才
你们学得好为师也光荣
你们失了足为师好伤心
愧对你父母兄弟
我未尽受托之责
愧对父老乡亲人民大众
未完成祖国赋我之重任
愧对伟大社会
又流失了一个学子

闲　情

跨入新世纪有感

弹指一瞬间辞却旧千年
跨入新世纪
一眨眼时光便流去一千年

这一秒多迅速
一瞬间迎来了一分钟一小时
一个日落日出
一个月圆月缺
一个春夏秋冬
一个百年
一个千年

这一秒多伟大
新的生命诞生
少年长大一岁
青年成长一岁
壮年成熟一岁
老年长寿一岁
过去的就让它过去吧
重要的在于迎接新的每一秒

多少事
从来急
一万年太久
只争朝夕
让我们珍惜每一秒吧
让新的一秒一分
或者一天一月都有意义
使新的一年或者一个世纪
更加美好

美　的

那头发是假的
又浓又密又黑又亮
其皮肤本非这样
又白又细又嫩
这眉毛原不是如此
又细又弯又长
嘴唇为什么这样鲜
多红多紫多亮
别以为乳房真那么大
又丰又隆又鼓
个子哪有这么窈窕
又细又高又协调
腰身似乎亦不像
倒是精神挺拔昂扬
从头到脚由里到外皆是假的
风度气质姿势风韵却不一般
并不是假的是化装的
虽然是化装的却是美丽的

老　梦

儿童时节甜梦多
梦见妈缝的新衣服
梦见爹给的甜果果

青年时代尽做美梦
不是春色满园便是说爱谈情

人到中年好梦渐少
走到路口找不着家
梦见上山迈不过脚

老年来临噩梦更多
急待小解找不着厕所
恶狗追来硬跑不脱

嫂子的梦

嫂子爱做梦
更相信梦好梦坏
梦中见婆婆衣裳单薄
便去上坟送了寒衣
搬人崭新楼房
梦中听婆婆说真不错
儿子娶了新媳妇
梦见婆婆很欢喜
孙子生日吃鱼虾

梦里婆婆笑哈哈
幸福生活天天过
若婆婆在世该多好

梦 之 敌

盛夏酷暑好不容易到西山日落
夜幕降临希图好好睡一阵
刚刚迷糊耳边轰鸣
摇头举手一番折腾
魂梦早已无踪影

辗转反侧好过了一阵
外加劳累困顿似乎梦魂又来临
不料小便憋煞人不得不去行方便
梦魂随小解跑个一干二净

又一番神倦人困没精打采
渐渐地昏昏沉沉
好像回到家乡
啪的一声一块麻将落地
打邻居的地板敲响我的屋顶
赶走了家乡的风景
送来的是心烦意乱

等啊等但愿等来清净
盼呀盼希望梦魂入境
盼来的是东方鱼肚白
火红的朝阳刺眼睛

满脑子的朦朦胧胧
一脸的迷迷糊糊

求 疵

哪怕是捡去背上的一根落发
虽然微不足道却可以为他带来顺眼

不过是小小提示他鞋后跟上粘的垃圾
实在琐碎细小但能消除一个碍眼

仅仅是指出一个字的错误
甚至一个标点的不当
纵横不值一提
但会使他的文章
少一个瑕疵多一个亮点

倘能提醒他的一个语病
似乎有碍颜面
若使他改正
可使其讲话
少一个笑话
多一份酣畅

无 辜

进饭馆用餐怕手榴弹爆炸
乘公共车外出怕雷管开花
于超市购物怕有人恐吓

小孩上学恐被人绑架
去音乐厅赏乐高悬的心放不下
乘飞机远行怕飞机被人劫持
去逛公园担心能不能回家

滥杀无辜算什么好汉
残害妇女儿童何其凶残
使人人恐慌称什么勇敢
偷偷摸摸哪算刚强
诚然是自我牺牲终就是虚弱的表现
纵然阴森恐怖何能与正义较量

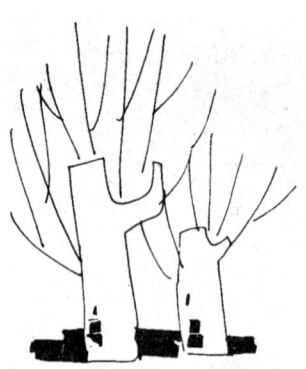

美 国 行

一九八九年的春夏之交
我开始了赴美旅游
随着波音 747 客机的腾空而起
我的身子一下子被架空中
我的心也悬在了空中
恰似气球在空中晃悠
或如孙悟空翻筋斗云
在苍茫高空中运行
时而在蓝天里飞翔
时而穿过云层
我的思绪亦如朵朵云彩
在脑海中忽隐忽现飘忽不定
一个个大问号出现在大脑的屏幕
美国究竟是怎么一个景象
是山川河谷还是草地平原
风俗若何人情怎样
旅行是顺利还是曲折
人身是安全还是危险

猜测何似亲临
耳闻不如眼见
飞机降落到旧金山机场
下机办理进入国门的通关手续

当见星条旗处处迎风飘扬

国家意识强烈而鲜明

新颖别致的建筑拔地而起

一片异域风光

飞机场好像停车场

大大小小的各式飞机停满场

前一架飞机刚刚降落

后一架飞机呼啸上天

高速公路纵横交错

小轿车如甲壳虫穿梭而行

地下铁道像矿区的坑道

一层又一层伸向四面八方

一列列地铁列车开向各个角落

指路牌的箭头朝向上下前后左右

行人匆匆急急忙忙

流向东西南北上面下面

超级市场又大又亮

琳琅满目商品应有尽有

茂密的森林覆盖丘陵山地

地毯般的草坪比比皆是

白人黑人黄色棕色人种杂处其间

鸽子松鼠与人友好相处

更有纽约大都市

座座高楼直刺云天

抬头望天天似一条蓝色缝隙

从摩天大楼朝下看

使人头晕目眩心惊胆战

好一个繁华热闹的地方

一派发达国家的景象

美 国 行

美国原来就是这样
它给我留下了难以忘记的印象
我的脚步所到之处
贫富悬殊一目了然
行乞者不时向路人求助
屋檐下列车站露宿者依稀可见
在去世界银行的路旁草地上
席地而坐白人妇女一双
各带着一个不满十岁的小孩
寻机会便向过路人讨钱
一边伸出拿着的空罐头盒
一边说着请给以帮助
天真而幼稚的小孩
亦投来向人求助的目光
目睹着这一凄凉情景
一个问号在我脑中闪现
发达的生产力和商品贸易
积累的财富堆积如山
亿万富翁比比皆是
为什么还存在这种可怜景象

五月中旬的旅途中
我接触了更多的侨胞
在大洋彼岸异国他乡
同胞相遇乡亲之情油然而生
一样肤色更加语言相通
一股亲热不约而同
关切好奇询问破口而出
过得好吗感觉如何

出租车司机同胞把我一看
略思片刻
我们的父亲辈上
为寻活路做苦工来到美国
说光阴论日子还可以
经济上比大陆宽裕
只要勤劳就有钱
不干活就没有钱
我插问受不受歧视
他的回答使我茫然
说到地位我们在黑人之下
白人不用说最优越
其次是犹太人他们有钱团结
黑人之后才是华人
美国是富人的天堂
有钱就有地位
无钱哪有地位
中国人来美国的
多半是出卖劳动力的
再是在国内境况不好
逃难的求学的都比较穷
又不团结容易受人歧视
从来都是这样吗
一九四九年前是没有地位的
中美恢复外交关系之后
中国人的地位升了上去
尤其是近几年
大陆和台湾没有统一
华侨的力量也是分裂的

削弱了力量降低了地位

被人瞧不起

他们远涉重洋到异国他乡

辛勤劳动努力奋斗

为美国的开发做出了贡献

站住了脚跟争得了立足之地

白手起家谈何容易

被歧视的境况依然存在

祖国何时才能统一

侨胞何时才能消除分裂

什么时候才能免受歧视

什么时候才能平起平坐

五月中旬的一天傍晚

我们登上了返程的民航班机

由旧金山升空

向北京飞行

随着飞机的翱翔

美国的情景在脑海中一幕幕再显出来

新奇神秘的航天馆

风筝和宇宙飞船一同展览

巍峨的华盛顿纪念碑高耸云天

宽大的林肯纪念堂非同一般

连天盈尺的世贸大厦鹤立鸡群

跨海的金门大桥雄伟壮观

珠宝首饰超市金光闪闪

艺术馆里的浮雕壁画目不暇接

广阔的草坪在城市展现

茂密的森林无际无边

悬殊的贫富差距显而易见
黑白分明的种族歧视一目了然
旅游的人群络绎不绝
游行示威的队伍不时出现
夜晚和思虑让我发困
昏暗将我带入梦乡
不知道飞行了多少小时
也难晓跨越了多少里空间
突然间马达声格外轰响
紧接着飞机急剧颠簸
同伴们叫着北京到了
我霎时清醒飞机在着陆
连日来悬着的心掉在了肚里
蓦地肺腑之间一股气流冲口而出
还是祖国好哇
夜晚里飞行十几个小时
到北京仍然是晚上
灯火一片明亮

去美国一趟浮想联翩
不时回忆感想良多
我们的白天正是你们的晚上
你们的白天恰是我们的夜晚
我们住在地球的这一半
你们生活在地球的那一半
我们的头发又黑又亮
你们的头发有红有黄
一个是最大的发展中国家
一个是最大的发达国家

一个曾领先世界上千年
一个则是后来居上
各自的国情何等不同
两个大国多么不一样
纵然我有我的好主张
你却有你的价值观

然而晒的都是一个太阳
享的皆是一个月亮
一年三百六十五天
两国都一样
春夏秋冬四季
皆是一样的炎凉
我们安康你们幸福
你们有难我们不安
都是地球村的邻居
皆是现代文明的伙伴
祸福安康皆相同
进步发展都在盼
有一万个理由携手并进
没有丝毫道理挥拳相对

欧盟忆

在美丽富饶的欧洲大地上
迎风飘扬着共同市场的旗帜
其蓝色的底子像是欧盟版图
那颗颗星星象征各成员国
一九九一年在德国边界小镇深根开会
决定建立欧洲联盟
边界上三面旗子猎猎作响
一面欧盟旗两面乃交界国国旗
自从共同市场建立
边防检查站无所事事
各国车辆畅通无阻
各色人种随意往来
一霎时进入卢森堡国境
稍眨眼又跨出其国门
不知不觉进入了比利时
稍不留神又跨入荷兰境内
好比屹立在比利时的原子塔
九颗球与钢管紧密相连又各个相通
各国同顶一片蓝天又共住一个地球
大家都是邻居你我都是朋友
不是门儿互相相对便是户儿你我相邻
与其你争我斗不如共同合作

欧盟忆

与其深沟高垒不如你我往来
关卡林立多麻烦门户开放多方便
你来我往互通货物有无
我来你往加深相互友谊
使用一样的货币可购各家的商品
区域之内货畅其流生产贸易便捷省时
成员国各个受益各国人民皆享福祉
区域化成为时尚一体化似是趋势
但愿普天之下同感繁荣
整个地球共享幸福安康

感觉低地国家

> 荷兰是一个四分之一国土低于海平面的国家,全境没有一座几百米的高坡山峰。
>
> ——题记

造　地

很久很久以前
一男一女牵一条狗
来到莱茵河塞纳河入海口
于一片沙丘上搭帐篷住下
夫妻俩沿海筑坝
阻挡北海的海水漫进来
又挖排水沟将积聚的雨水排入北海
一代又一代不断地修筑海堤
子子孙孙挖沟排水不止
不知过了多少年代
哪晓得几多春夏秋冬
修筑了几多高大海堤
挖出了一百多条排水河
有若干水闸调节着水位
精确度达到手指的一个指节
先造出了三万四千平方公里陆地
又继续围海造田七千平方公里

修 桥

在这块肥沃的人造田里
有一对勤劳能干的夫妇
生出了一对双胞胎姐妹
相继长大成人出嫁
两家中间七条河纵横阻隔
一母同胞姐妹难以相会
两姐妹为了会面
分别在河上搭桥不止
历经多少个酷暑严寒
辛苦艰险几多日日夜夜
于一个圆月晴空的夜晚
将第七条河连结起来
离别和思念相会多不易
亲亲热热共叙姐妹友谊
娓娓泣诉离别之情
每当月圆之夜
姐妹定要穿过彩虹相会
搭七道彩虹书写动情的故事
姐妹相会传为美丽的佳话
感动了更多的姐姐妹妹
带动了众多的父老乡亲
共修了一千多座桥
联结起一百多条河
使成百上千的姐妹频频相会
给众多父老乡亲带来方便

造　船

在阿姆斯特丹东港区
停泊着大中小三条船
相传在很早以前
捞鱼为生的乡民造出了独木舟
那是在一截大木上凿一个窝
供一人驾舟下水捕鱼
子女渐渐多起来
靠独木舟捕鱼何能维持众多人生活
一个聪明的青年将好些木料联结一起
中间空出一个仓池存放所捕的鱼
从此起可以捕更多的鱼
这便是代表过去的一条船

渔民驾着它费劲地划来划去
只能捕少量的鱼
这儿海阔风大浪急
难以抵挡风浪怎能跨越广大海面
于是造出了桅杆扬起了风帆
借助风力远航出海捕鱼
往后又安上了马达
造出了机帆船
开着机帆船漂洋过海周游世界
贸易货物交通海外
进而攻城掠地扩张殖民地
开创了荷兰的海上鼎盛时代

这便是阿木斯特丹号

它代表着荷兰的现在

第三条船便是水上科技博物馆

汇集了现代科学技术

代表着知识经济时代

欲迎接全球一体化的到来

预示着荷兰的未来

将航向二十一世纪的世界

城　徽

在城市的道路旁

我看见树立着一些水泥碑

碑上划着三个"××ׇ"

原来，这是自然灾害警示碑

第一个"×"警示水灾

水上泽国紧靠北海

海平面高于四分之一陆地

随时有堤毁水淹的灭顶之灾

又是一个多雨的国度

一年三百天下雨

不是海水漫堤

便是暴雨成灾

一九五八年下大雨

洪水淹到二层楼

几十万人无家可归

不能不居安思危

第二个"×"警示火灾
荷兰地少人多建筑稠密
住宅一家紧挨一家
门面税限制房屋的宽度
红砖尖顶带挂钩是限制的表示
一户紧挨着左右两个邻居
几乎没有单家独户的住宅
又是多风的国家
刮十二级大风乃习以为常
一旦失火风助火势火乘风力
顷刻一片火海
不能有丝毫片刻的马虎

第三个"×"警示瘟疫疾病
大灾之后必有大疫
瘟疫疾病不知夺去多少生命
来不得须臾松懈
三个"×××"的警示
岂止仅适于荷兰
我们祖国也是灾害频仍的国家
火灾水灾瘟疫此伏彼起
牺牲生命损失财产不胜枚举
每年不知多少生灵死于非命
多少财产不是一火烧便是一水漂
三个"×"的城徽何不拿来
时刻警示那些大意的人们

两个钟楼

阿姆斯特丹有两个像钟楼的建筑
一个是报时的钟楼
另外一个是不报时的钟楼
报时的钟差不多各国都有
车站码头空港显示几点几分
告诉旅客勿误航班车次
学校机关企业
提示上下班时间
而在阿姆斯特丹
另外一个钟楼则是指示风向的钟
风是气候的征兆
春夏秋冬风向各异
山雨欲来风满楼
观天须看风向钟

荷兰华人

远在地球另一端的荷兰
竟也有六万多华侨同胞
他们的祖先为生活所迫
不远万里来到水乡泽国
初期以出卖苦力维生
拼命赚钱勤俭度日
继而积累资金重新投资
经营饮食业杂货业
带来了祖先的勤劳智慧勇敢
在人生地不熟国度立足创业发展

改造自然适应异邦

自力更生奋发图强

从不领抚恤救济

全靠着自食其力

无论走到地球何处

从不辱没列祖先宗

祈　祷

这里有尼古拉斯大教堂

每次出海总在教堂祈求神灵的保佑

在出海捕鱼中

或在海外贸易时

大风大浪不知吞没了多少荷兰儿女

几多家庭失去了亲人

体会生离死别苦痛

教堂礼拜是多么勤谨

祈求神灵是何等虔诚

为的是出海的人一帆风顺

为的是诸亲人健康安宁

脾　性

上帝造人

荷兰人造地

何止是造地

还锻炼出冷静坚韧的品性

筑坝开河修桥造船

建成了欧洲最繁忙的海港鹿特丹

盖起了红砖窄窗尖顶房
水上人家还有二千多
屋顶上安滑轮挂钩
用来搬运家具杂物
制造出旋转的风车
获取不尽的电能
生产出小巧的木屐
创造出优美的环境
造就发达的畜牧业
还有那滚圆金黄的奶酪
晶莹剔透的钻石
光彩夺目的水晶玻璃
驰名世界的啤酒
美丽的郁金香
有名的菲利浦电工
享誉世界的壳牌石油
广阔的水坝广场
桅杆林立的北海鱼村
名列世界前茅的经济竞争力
水灾火灾瘟疫面前的冷静沉着
生意场上精明强悍
困难挫折中坚忍不拔
对弱小民族能宽能容
富裕之后仍节俭成风
锻炼出了魁伟的男人
还养育出高大的女人
水乡泽国
伟大的荷兰民族

游 德 国

印 象

我们由阿姆斯特丹前往德国
游览了科隆法兰克福和慕尼黑等地
这是一块富饶而神奇的土地
又是一片人杰地灵的家园
人和自然是多么的和谐
经济的腾飞和社会的发展又何等协调
水草茵茵森林茂密
公路铁路航空四通八达
丘陵起伏山林寂静
车水马龙人来人往
发达的工业活跃的商业显而易见
冷静严肃遵时守纪高效的民风留下深刻印象
我看的很多想的很多
而联想最多的则是马克思恩格斯

马 克 思

一八一八年五月五日
在普鲁士特利尔城
于一个犹太人律师家里
降生了一个小男孩
他就是卡尔·马克思

他在出生地完成了中学学业
先在波恩大学上学又毕业于柏林大学
研究了法学历史与哲学
还加入过黑格尔左派
吸取了他革命的合理内核
又冲破他的唯心主义体系
改信了费尔巴哈的唯物论
又打破了他的历史唯心主义体系
创造了辩证唯物主义和历史唯物主义
又创立了马克思主义政治经济学
他曾经想当教授
但反动的普鲁士政府打破他的教授梦
他又想当学者
而德国激烈的阶级斗争
又迫使他放弃了学者的职业
他深知在科学上没有平坦大路可走
终就在崎岖山路上攀登到了光辉的顶点
执笔起草了共产党宣言
用毕生精力写出了鸿篇巨著《资本论》
他形成了科学社会主义的完整体系
他的学说传遍了全世界
他以创新和严谨的学说震惊了科学界
又以革命的思想武装了国际无产阶级
他在实践中引申出科学社会主义理论
而这个理论又在许多国家变为现实
马克思是伟大的革命导师
他主张对现存的一切进行彻底的批判
他诉诸人民群众
寄望无产阶级

他认为理论只能解释世界
而最重要的则是改造世界
批判的武器不能代替武器的批判
无产阶级的解放只能自己救自己
他在创立科学社会主义体系的同时
也积极从事改造现实社会的实践
加入共产主义者同盟
起草同盟的行动纲领
投入实际的民主运动
组织起第一共产国际
力图把工人运动统一起来
并在实践中锻炼出无产阶级的斗争策略
在当代的历史中
把改造现实社会的实践推向前进
他具有日耳曼民族严肃认真
守纪律讲效率的品格
更具有学者的探索精神
科学家的开拓创新精神
革命家勇于实践百折不挠的精神

一八四三年
马克思同燕妮结了婚
她的全名叫燕妮·威斯特华伦
出身于反动的贵族家庭
其哥哥是普鲁士政府最反动时期的内务大臣
而马克思则是一个贫困潦倒的知识分子
从反动的贵族家庭走近马克思家反差何等悬殊
但她背叛了自己的贵族家庭
与童午时期的男友马克思结了婚

作了科学家和职业革命家的伴侣

马克思从事的革命事业

那是多么艰辛和危险

攀登科学高峰的道路

屡屡经受挫折与失败

经常受到旧观念的嘲笑

不时遭到人身攻击

由于要变革现存的一切

必然招致反动统治阶级的迫害打击

他曾一次被驱逐出布鲁塞尔

两次被赶出自己的祖国

三次被驱逐出巴黎

经常处于被驱逐之中

长期过着侨居国外的生活

没有固定的工作职业

哪有稳定的生活来源

经常过着极度贫困的日子

承受着几个幼小儿女在贫困中夭折的痛苦

经受了几多的生活磨难

经历了多少命运的惊险

一个贵族出身的小姐

陪伴一个职业革命家的漂泊流浪

厮守不移直至生命的终结

该是何等的不易

但她陪伴着丈夫

度过了三十八个春秋

意志是多么坚强柔韧

革命情操是何等高尚

是多么忠贞不渝的爱情

是何等伟大的女性
真正是革命志士的伴侣
可谓高尚道德的体现
天下贤妻的楷模

恩 格 斯

在德国我不仅崇敬于马克思
理所当然地怀念恩格斯
一八二〇年
他出生于普鲁士莱茵省巴门城
一个工厂主的家庭
当过商号的办事员
于工人阶级求解放的伟大斗争中
成长为学者和革命战士
世界历史发展到了资本主义阶段
进行着新的社会实践与新的社会生活
历史造就了资产阶级
也造就了无产阶级
展开了无产阶级的解放事业
工人阶级的斗争浪潮将他们推到一起
进而发展为社会主义者
开始了与马克思的通讯联系
一八四四年
他在巴黎认识了马克思
共同的信仰共同的事业
把他们紧密连接到一起
两位朋友合写了《神圣的家族》
奠定了革命唯物主义的社会基础

又通过与马克思的交往

促使马克思研究政治经济学

我有幸瞻仰了他们起草共产党宣言的地方

布鲁塞尔白天鹅旅馆

一八四八年

二人与共产主义者同盟取得联系

接受同盟的委托

共同起草了这个伟大的宣言

从此开辟了社会主义的新纪元

它的光辉精神一直鼓舞着国际无产阶级

于科学观察和研究中

揭示出资本主义发展的客观规律

从此社会主义不再是空想

而是建立在了坚实的科学之上

指出了工人阶级的社会地位和历史使命

联合起来进行斗争

争取解放全人类

从而解放工人阶级自己

他为寻求工人阶级的解放道路而努力

他为教育和团结他们而奔波

可以毫不夸张地说

他是工人阶级寻求解放的卓越战士

恩格斯与马克思的友谊

是最伟大的友谊

他们本不认识素不交往

是共同的信仰与事业走在了一起

在科学探索和革命斗争中

结下了人类最纯洁最动人的友谊

马克思对共产主义理论

进行系统的研究和创造

恩格斯则为它的传播而奋斗

马克思创立共产主义理论的巨著

恩格斯则写论战文章

捍卫马克思主义的纯洁性

马克思在世时出版了《资本论》第一卷

恩格斯接着整理出版了第二第三卷

为马克思建立了宏伟庄严的纪念碑

无意中也把自己的名字刻了上去

马克思逝世后

他是整个文明世界最卓越的学者

和无产阶级导师

但无论何时何地

他总把自己的名字置于马克思之后

马克思侨居异国生活极度困难

是他无私地给以援助

帮助马克思一家

度过了一个又一个艰苦岁月

维持了马克思的生活与工作

使他的科学探索和革命事业得以进行

人类历史上有许多非常动人的友谊范例

而恩格斯与马克思的友谊

则是最光辉的典范

这个典范连同他们的学说事业一起

光照全世界影响全人类

音乐之邦

我们从德国慕尼黑出发
下午进入奥地利萨尔斯堡
这个城坐落在阿尔卑斯山高原
四面由茂密的森林环抱
萨尔斯堡河从中间穿过
一路激情地歌唱欢跳
它是此地的口头禅
这两个词儿使用频率最高
与河水的音韵是何等的默契
人文与环境是多么协调
大音乐家莫扎特
就出生成长在美丽富饶的萨尔斯堡
他的少年青年时期
就住在小街粮食胡同九号
这里的空气湿润气候温暖
这里的人民既热情又好客
音乐的气氛多么浓郁
音乐的素养何等之高
苍天赐予他音乐的土壤
社会成就他深造提高
其父亲是奥地利宫廷音乐师
自小就跟去把音乐欣赏
美妙的音色旋律将他培育
使音乐天赋很高的他深受熏陶

由锦上添花迈上了成功之路
他的美名传遍天下
也给故乡带来歌声的春天
一首首美妙的乐曲
给世界乐坛送去春天的欢乐
他的盛名给他家乡交上好运
一场场音乐盛会在此举行
萨尔斯堡每年的春天
吸引全球各地的音乐家光临
尽情地演奏展示其才华
如饥似渴地吮吸音乐的营养
小小的山谷城镇
接待上百万游客
滚滚的美元日元马克
源源不断地流入萨尔斯堡
莫扎特的美名
悦耳动听的音乐
富饶美丽的雪域风光
热情好客的男女主人
造就了这个幸运的城市
这个城市又给世人以丰厚的回报

一大早起来掀开窗帘
清风拂面大雪飞扬
天地一片洁白
妖娆的银色世界
我们一行告别萨尔斯堡
迎着茫茫飞雪迈上去维也纳的行程
从高原来到了盆地
由大雪纷飞的银色世界进入

音乐之邦

绵绵细雨维也纳乐城
从渴望春天的乐堂进入
翩翩起舞的舞场
音乐奏起一二三啊
圆舞曲正等着我们
快来吧朋友
在月光下
我们一起跳舞又歌唱
最欢乐的时刻
让我们同分享

从老施特劳斯到小施特劳斯
创造制作了几多舞曲
又演绎出华尔兹舞非洲的探戈舞
响遍了全球的各个角落
形成了音乐的世界
丰富了居民的生活
给人们带来了欢乐
维也纳
你造就了老施特劳斯
又培育出小施特劳斯
还有舒伯特……
听那音乐会上
有现代的乐章
也有古典的曲谱
有奥地利的名曲
亦有全球各地的音韵
还有那栩栩如生的音乐家雕塑
一座座耸立在公园
古朴典雅精巧别致的音乐厅建筑

充满音乐氛围的民风民俗
维也纳
名不虚传的音乐城
一片音乐的海洋
整个是音乐的世界
然而维也纳的音乐
不都是快节奏的舞曲
也不都是节奏缓慢的舞曲
还有那心情犹豫的曲子
《蓝色的多瑙河》
露水是她的眼泪
多么优美的曲调
多么犹豫的心情

为什么是蓝色的多瑙河
那是微风吹起一圈圈涟漪
施特劳斯与妻子有了间隙
却和大提琴手关系甚密
就要外出演奏
临行对妻子说希望你好
当船要启航时
发现大提琴手即他的情人未来登船
却派仆人送来一封信
表明妻子给情人通了讯息
希望她演出成功
情人觉得对不住施特劳斯的妻子
便毅然地断绝了与他的关系
从此又与妻子重归于好
三个人都曾陷入爱情的纠葛
致平静的河面掀起一层层波纹

这是一种强烈的自然力
何人能够抗拒
更何况一个是美丽多情的大提琴手
一个是激情洋溢的音乐大师
然而两位才智出众的伟大女性
用她们的聪明与智慧
以那高尚的情操战胜了自然力
使三颗犹豫的心从此不再迟疑

中欧的季风暂时平息
蓝色多瑙河上的波纹趋于平静
那舒缓优美的旋律是多么美妙和神奇
它使人们的生活更加美好
音韵如潺潺流动的溪水
洗刷着人们的灵魂
那韵味似轻轻拂面的春风
给人送来暖意和温馨
又像舒卷自如的彩云
使人的情绪舒缓轻松
那时而急促时面缓慢的节奏
又使人屏息体会忘却杂念私欲
那动中有静静中有美的演奏
给人间注满了关爱和友谊
还有那维也纳音乐家雕塑公园的群像
一座座是那样的文静善良美丽
它使人的心灵得到净化
将人的境界加以提升
维也纳音乐厅的建筑
是那样的古朴典雅精巧别致

让人欣赏不够琢磨不透
就连那行走在街道上的马车及车夫的打扮
也富有节奏别有风韵

我国古代曾有鸣琴而治的范例
医治了几多战争的创伤和紧张的焦虑
悠悠五千年的历史具有多少歌舞升平的时节
带给人无穷美的享受和心情的愉悦
五十六个民族有多少民族风格的音乐与舞蹈
使兄弟姐妹间融会贯通友好相处
在争取解放和自由的路上
协调着革命队伍的步伐节奏
它在黑暗和迷茫时
唤起美好的理想和光明的前途

在那艰难困苦的岁月里
又增加战斗的力量奋进的勇气
在那夺取胜利的时刻
它又增加喜庆的气氛和热烈欢乐
今天我们迎来了改革开放的好时代
如今我们正奋进在实现小康的大道上
何不放声歌唱
何不翩翩起舞
用歌声焕发出无穷的力量
让歌声美化人民的生活
用歌声美化人民的心灵
以歌声伴随前进的步伐
将国家建设得繁荣富强民主文明
使我们的生活幸福安康更加美好

意大利

足球王国

我们告别了音乐之都维也纳
开始了意大利的旅行
高度发达的经济和文化
给我们刻下了深刻的印记
最壮丽堂皇的建筑便是教堂
规模宏大古朴典雅精巧别致
自然环境堪称一流
居民个个彬彬有礼
古今文化融为一体
影响广泛饮誉全球

有这样一个国家
其形状别具一格
打开世界地图一看
全国地形似一条粗壮有力的人腿
而一个球即西西里岛
正好在脚的前面滚动
好一个球星踢球的动作
恰一只蹦蹦跳跳的足球
难道是苍天的赐予
抑或是人杰地灵

足球明星饮誉天下
足球水平堪称一流
这就是有名的足球王国
他的名字就叫意大利

因倾斜而闻名的建筑

有一座塔声名不凡
斜立在足球王国的地面
高五十五米八层结构
直径十六米
历经一百八十年建成
建筑中发现稍有倾斜
经论证后继续施工
终就建成了一座倾斜的塔
科学家伽利略利用倾斜的特点
做了著名的物理学实验
将质量一样大小不同的两个球体
由塔顶同时抛下是否同时落地
得出了一个非常重要的结论
质量加重量等于速度
塔的倾斜度继续加大
致世人总担心塔的倒塌
为了预防倾斜的发展和倒塌
停止了游客的参观
用八百三十吨铅块压住底部翘起的一侧
又用钢丝绳牵拉固定
许多智者高手绞尽脑汁出谋献策
力图挽救斜塔

意大利

终未制止倾斜的发展

更谈不上垂直扶正

比萨斜塔在教堂建筑中并不是出色的

正是歪打正着

因倾斜而闻名于世

世界上就是有蹊跷事

正经八百不名不闻千奇百怪天下闻名

更因利用倾斜作了著名的物体落地实验

不得不采取种种挽救措施

又引来世人参观拍照留念

一传十十传百

越吵越热名声大振

响彻世界名闻遐尔

成为游客参观的重要景致

当了旅游业的亮点

如果没有倾斜的发生

有关的一切都不会出现

纵然是力挽狂澜于既倒

救危险于倒悬也无济于事

根子不正不牢

何能不斜不倒

最好的办法

莫过于毫厘不差测平夯牢基础

观《大卫》雕像

在佛罗伦萨广场中央

耸立着五点三米高的石刻雕像

一个裸体男青年

两眼注视着很远的前方
右手握着拳头垂直向下
左手摸着左肩膀
上下嘴唇紧闭
发达的肌肉块块隆起
立于岩石顶着苍天
处处充满青春的活力
不知他凝神思虑着什么
而我却由此联想很多
意大利的历史广布曲折和坎坷
充满国家独立人民解放的斗争
他似乎在盼望祖国的独立和统一
像是追求社会的进步人民的解放
意欲保卫祖国献身神圣的事业
力图驱逐外国占领者
改变教会的统治
战胜贵族的专制
他就是米开朗基罗创作的大卫雕像
是佛罗伦萨精神的象征

神奇的城邦

在意大利中部的平原中
通往罗马的必经之路上
有个一神奇的城邦
一个宽大的广场
坐落在城的西部地方
由广场向下俯瞰
鳞次栉比多姿多彩的建筑进入眼帘

繁荣的街道中矗立着雕塑和教堂
似是包含着几多的神秘与辉煌
历经多少劫难和奋斗
这里的人民争得了自治权
废除了农奴制
摧毁了封建贵族的统治
建立起资产阶级政权长老会议
由富商银行家工厂主行会代表组成
经过三百多年的建设经营发展
进入了城邦的最繁盛时期
形成资本主义的文化艺术中心
成为资产阶级人文主义发源地
并传播到整个欧洲

资本主义文明亦难免曲折坎坷
正在欣欣向荣的时期
一场突如其来的灾难降临到城邦
大瘟疫夺取了数万人的生命
将繁荣昌盛的城邦变成一座空城
瘟疫并没有毁灭这个城市
幸存的人们又奇迹般地将她恢复起来
再现了昔日的光辉
创造了新的辉煌
推进了纺织业手工业和农业的繁荣
形成了蒸蒸日上的文化艺术
在与神权的斗争中
传播了资产阶级的人文主义

但丁的《神曲》
写出了地狱炼狱和天堂
反对封建割据的野蛮凶狠
揭露罗马教廷的黑暗欺骗
热情歌唱祖国和人民
号召和平渴望统一
薄伽丘的《十日谈》
无情鞭挞了教会神权封建贵族
热情地歌颂了自由平等博爱
列奥那多　布鲁尼
冲破宗教神学的牢笼
匡正了被扭曲的历史
恢复了社会历史的本来面目
明确地指出历史不是宗教神学的历史
响亮地提出人是社会的主人
历史是人的活动的历史
揭示出工商业的发展繁荣
是城市强大昌盛的主因
还有马萨乔的《失乐园》
那台罗的雕塑《耶稣磔刑》
乔托的《犹大之吻》等三十六幅壁画
成为近代欧洲现实主义绘画的先声
《最后的晚餐》《蒙娜丽莎》的光辉形象
成就了达·芬奇的造型艺术巨制
还有智者摩西的《创世纪》《末日审判》
拉斐尔的《草地上的圣母》《西斯廷圣母》
都排除神秘主义禁欲主义
提倡自由平等博爱的艺术形象

意 大 利

伟大的历史造就了伟大的历史学家
而伟大的历史学家又记录了伟大的历史
资产阶级革命的伟大实践
成就了光辉的艺术家
而艺术巨匠又以魅力无穷的形象
再现了光辉的社会实践
杰出的资产阶级政治家思想家马基雅弗利
恩格斯评论他是
政治家历史家诗人近代军事著作家
他的《君主论》《佛罗伦萨史》等等
极力宣扬国家至上论
主张君主共和制
坚持君主应以夺取权力保持权力为目的
主张为达目的不择手段
摆脱君权神授的封建传统观念
反对教皇和教会干预政权
但主张利用宗教进行统治
认为信仰宗教的人易于维护秩序和纪律
还主张私有制和维护私有制
认为私有财产神圣不可侵犯
同时还出现了空想社会主义者康帕内拉
他提出了太阳城理论
认为私有制和自私自利是万恶之源
主张公有制
幻想没有富人没有穷人人人平等的天国
主张人人都从事劳动
劳动产品都交公
生活必需品由公家供给
相信终有一天

全世界都会像太阳城那样生活
离开现实的物质力量精神条件和途经
而寄希望于贤人和哲学家的空想

人杰地灵的佛罗伦萨
它代表了时代潮流
适应了社会发展的需要
反映当时生产力发展的要求
符合新兴社会力量的利益
提出人文主义的主张
变革了封建主义的经济基础和上层建筑
代之以资本主义的经济基础与上层建筑
解放了社会生产力
推进了经济的繁荣和文化的昌盛
影响了整个欧洲的历史进程
这就佛罗伦萨的魅力
这就是这个城邦的神奇

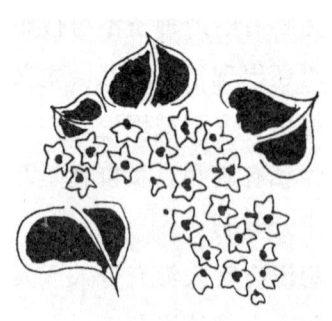

赞埃菲尔铁塔

巴黎啊巴黎
夸你是世界文化名城
何有一星半点假话
卢浮宫中的珍宝何其繁多
香榭丽舍大街别有特色
维纳斯雕像栩栩如生
蒙娜丽莎的油画精妙神奇
埃及的金字塔弥足珍贵
埃菲尔铁塔堪称一绝
千里挑一选中了蓝色的图案
七千吨钢铁方铸就其真身
一万二千个部件构成你的骨架
二百五十万铆钉才把它连结
三百二十米身高顶天立地
天地之间巍然屹立
酷似一个伟大的巨人
矗立西方傲视世界
站塔顶上可俯瞰圣城全境
举目远眺能观五洲风云
抚今追昔记录百年巨变
目视前方谋算革命和创新
一七八九年的强大风暴
推倒了皇帝的宝座

伟大历史记下新的一页
封建专制让位于自由主义
市场经济代替了自给自足
商品经济发展出巨大生产力
货币交换聚集了如山似海的财富
资本主义文明从此确立
铁塔乃是现代文明的象征
没有创新便没有铁塔的蓝图
唯有革命才打破千年桎梏
丰富多彩是标新立异的典型
文明和进步乃是历史的证明
高大金身能包容一切
耶稣和玛丽娅是其灵魂
不同观点各有其产生存在的理由
不同的教义可共同信仰
大千世界本来包罗万象
亿万人群岂能一个模式思维
各种思想均可百家争鸣
万紫千红为什么不能百花齐放
诸路高手理应各显神通
各种制度都可共同竞争
取长补短方可携手共进
互利互惠才能各方双赢
最重要的不在于有无不同的看法
顶要紧的是保证各种观点能说出来
在百花齐放中争芳斗艳
于百家争鸣中辨别真伪
在相互交流里发现真理共同进步
大家齐努力共同创造美好的明天

园 丁 情

序 诗

良禽择木而栖绕树三匝何枝可依
士为知己者出力不晓何人为知己
饱学之士渴望振兴中华
莘莘学子力图建功立业
踏破铁鞋寻觅
再造锦绣江山之良机
树宏愿立志科教兴邦
耕耘不辍诚盼大有作为
想为繁荣富强民主文明
昂首挺胸引吭高歌
渴望着向更高更快更强冲刺
要在那百花齐放百家争鸣中竞风流
意欲在百舸争流千帆竞发中试身手
一老者深知求才若渴于科教兴邦之理
一心植梧桐引凤凰奏鸣
特引出凤凰奏鸣之事
供志士同仁者参悟

河 弯

奔腾的黄河在这里拐了个弯
主流顺着山势往前

径直流去支流绕着河滩
又汇入主流向东滚滚向前
河中小（岛）滩
堵挡偷猎者真正是大河有灵
河水有情上苍有眼
供精疲人和候鸟暂歇
拐弯之地主流支流高山河滩具备
真是一个好所在

凤 凰 山

紧靠黄河主流左岸是高高的凤凰山
山上林木成荫滩中绿草茵茵
树上喜鹊啄木鸟麻雀
飞来飞去觅食鸣唱
虽无狮子吼亦无老虎啸
然树下松鼠兔子虫子
上蹿下跳来回忽忽不停
嗑松子吃草嬉戏
好不快活

黄河岸边挺立着高大的水车
借助水流日夜转动汲水浇菜灌麦
羊皮筏子摆渡旅客柴米油盐
水中鸽子鱼鲤鱼草鱼
时而逆水上行时而顺水畅游
筏工商贾车水的卖水的
依黄河靠山岭生存发展一代一代

鸿 雁 滩

滩上灌木林一丛一丛错落有致
湖里鱼虾蚯蚓繁衍生息相互依存
每到秋末大雁南归
养精蓄锐再击长空
冬去春来落滩产卵孵雏
又携带雏雁向北飞去
水声风声鸟鸣声号子声此伏彼起
划舟的车水的种菜的飞的跑的游的
若在天地之间竞风流
自然美景人间欢乐和为一韵

火 灾

不料灾祸降临
山头战旗猎猎飘动
山下战鼓阵阵刀枪争锋
甲队守在山脚待阵
乙队打鼓与其接近
突然打开大鼓取出刀枪
人多势重直取甲队
甲队抵挡不住钻入山林
乙队搜索放火进攻
顿时烈焰滚滚火势凶猛
风助火势火乘风力
大火三天三夜
大片树林化为灰烬片片碧草变为焦土
青山转为秃岭禽鸟远飞鼠兔逃遁

洪 灾

福无双至祸不单行
大火过后洪水紧跟
正值夏末秋初
倾盆大雨泄向荒山秃岭
水冲黄土土随水走
更兼上游来水
气壮如牛势似猛兽
排山倒海扑向大地人群
鸡鸭猪羊顺水飘游瓜果蔬菜随波逐流
高架水车倒地被洪水卷得无影无踪
可怜的羊皮筏子被打得随水翻滚
更有商贾的货运汽车被冲得杳无音信
前面步行探路的学徒侥幸捡得一条命
给老板娘报了信继承了老板的买卖营生
洪水扑向鸿雁滩草木鱼虾遭灾灭顶
大火洪水过后
郁郁葱葱的山坡河滩面貌全非
生气荡尽荒凉寂静
鸟雀不见飞翔难遇松鼠兔儿欢奔
河面上不见筏工摆渡商贾小贩停止了买卖经营
农民望河兴叹南归的鸿雁不再降落歇息
举目四望
黄河拐弯处一片劫后惨景

战火何必这般凶狠
洪水为什么这样无情
苍天为什么给我们降下祸星

上辈子作了什么孽

子孙们受这等报应

兴 土 木

劫波过后尚有余幸

水患火灾灭不尽生灵

筏工王青山尊称王翁者死里逃生

杂货郎货亡人存卖水李迈也真侥幸

学徒高峰继承老板的生意

也继承了老板妻子

看水车的郭农有意造车汲水

供农民种麦种菜灌溉

药工继续种药采药

众人念道筏工王翁见多识广消息灵通

老实厚道勇敢勤劳聪慧

筏子摆渡格外谨慎

半生辛劳服务乡亲

举荐其人做个头领

召唤大伙再兴土木

重振山河再建家园

幸奉盛世太平

筏工王翁不负众望召集大家

商讨再建家园

最后议定七十二行重操旧业

各司其职尽忠效命

安排郭农重做高架水车汲水灌溉农田土地

种菜种粮解决衣食大事

杂货购销柴米油盐酱醋茶

解日用百货燃眉之急

商贾交通内外筹款项购物料

供百业待兴之用

李迈负责取水卖水保证吃喝饮用

李松林分管植树造林

广种梧桐松柏杨柳果枣绿化家园保护保活

王翁除专事舟楫修桥铺路交通之事

联络协调各方人力物力财力抽空帮衬各处

转眼之间诸项土木工程启动井井有序开张

各行各业如织布穿梭

贸易集市生意兴隆购销两旺

一片蒸蒸日上景象

到处忙碌奋进气氛

好一个风和日丽好年月

恰一派兴旺发达盛世景

植 梧 桐

光阴似滔滔黄河奔流水

日月像车马舟楫穿梭

转眼间一棵棵松树柏树碧绿

一株株垂柳随风摇曳

一行行枣树开花飘香

一排排槐树杂木纵横交错

还有那金银花葡萄藤缠蔓绕

最是梧桐树粗壮挺拔枝繁叶茂

多种鸟儿飞翔鸣叫

兔子松鼠些小动物欢蹦乱跳

还有那河滩上灌木大片成林
水草茵茵鱼虾畅游跳跃
最引人注目者
一座钢铁拱起的大桥
南北飞架于滚滚黄河之上
车水马龙南来北往
汽艇小舟筏子东西奔驰
真正是万类竞自由的快活林
人间美景逐风流的欢乐园

引 凤 议

王翁遍踏山地河滩
普巡灌木树林
眼看着劳动的汗水浇灌百花争艳
经年的辛苦广植得绿树成荫
实在是笑在脸上喜在心中
若一阵爽风吹遍全身般轻松
忽然眉头一皱若有所思
各样都好只欠一宗
麻雀虽众没有丽鸟
叽叽喳喳尚缺雅音
若有灵鸟凤凰来临
美丽的羽毛可添光彩
高雅的鸣唱可增佳音
岂不甚好
庆功犒赏会上夸奖表彰之余
提出引凤主张供给大家议论
所提引凤建议全体通过

商人高峰自告奋勇
当年随老板师傅周游大江南北
阅尽人间春色广听各路消息
说是遥远的丹穴山上有灵鸟凤凰
羽毛华丽光彩声音悦耳动听
如今我们之宝地梧桐成荫山青水秀
各种坚果具备唯缺凤凰阁待修
一边建筑凤凰阁一边人去丹穴山引凤

牡 丹 亭

话说很久很久以前黄河拐弯处山脚下
王翁的爷爷老筏客护林人李松林的祖上
依山傍河而居住
筏子客有一个棒小子叫王笃
护林人有一个俊女儿称李丹
天生的一对人间鸳鸯
从小一块儿玩耍成长
及至长大成人渐渐悟得情事
虽不似少年时玩耍嬉戏其心却难分难舍
意欲结成婚姻一生相伴相依
双方父母看在眼里明在心中
有意了却心愿成全儿女大事
谁曾想晴空里突然乌云翻滚
平静的河面波涛汹涌
官绅早看上美丽的姑娘欲娶李丹做儿媳
延聘媒妁登门求亲说媒不成要强娶成婚
官绅财大气粗有钱有势少男少女如何抵敌
眼睁睁棒打鸳鸯散活生生青梅竹马成泡影

王笃与李丹情深意笃只有以死殉情
山盟海誓永不分离
阳春二月初三夜晚约会在牡丹亭椅上
情切切意绵绵厮守不舍
叹命运悲离合如此不公
毅然决然系索悬梁成双成对命归黄泉
李丹夜晚不归父母未眠巡山护林者牡丹亭旁
犹如天塌地陷五雷轰顶不看则已一看惊慌
阴风呼呼刮吹消息不胫而走
亲戚无不悲痛欲绝乡亲个个惋惜哀叹

情侣从此夭亡忠魂化作牡丹
清香溢飘四面八方秀美靓丽人人赞叹
亲人忌讳不敢顾看游客络绎不绝
每每锄草浇水助其生长
围坐亭上议论人生短长
谁料到兵荒马乱灾祸四起
烈火焚了牡丹亭人祸毁了牡丹园
谁曾想枝残花谢穷通定春暖花开终有时
恰适盛世太平好时光
牡丹园内枯枝复苏重新生长
一株株苗壮硕大一朵朵争芳斗艳
有道是生命诚可贵真可谓爱情价更高
落红未必无情物化作春泥更护花
精魂化作清香味贞洁纯情
钟情者赏牡丹春春不断
有意者念牡丹年年来看
前人殉情碧血化牡丹后人有意清香扬四方
养花护花耕耘不辍重建花亭

供赏花者解困歇凉

捐款献物修起了牡丹亭

立柱像枝干雕梁画栋似托盘

那亭顶那斗角那彩瓦恰像姹紫嫣红的花瓣

李松林致力种草种树勃发生机广植牡丹

大好河山重披锦绣滔滔黄水再现绿意

天上飞禽纷纷来聚地上生灵嬉戏追逐

喜洋洋众百姓一团和气

好一派人寿年丰太平世

后人重修牡丹亭纪念前辈贞烈之高风

王翁新建凤凰阁以诚招鸟中之王来朝贺

美丽的传说

早在童年时节王翁与白发爷爷相依为命

或在月光下临睡前

或在树荫里闲聊中

老人常讲帝王将相的故事

也讲天上禽鸟的趣闻

说人间的大王是皇帝

人间的王后是皇后

且说鸟中的王是凤凰

雄的叫凤雌的叫凰

它的羽毛最是华丽

它的声音极其嘹亮

非梧桐树不落非甘泉水不饮

他看惯了普通的凡鸟

从未见过鸟中的大王

听熟了凡鸟的鸣叫
可从未听过凤凰的歌唱
多么想看到凤凰的飞翔
急盼着凤凰的歌唱
凡有鸟飞便想到凤凰
只要听见鸟叫便想象凤凰的歌唱
从风和日丽的早春到天高云淡的秋天
由鸿雁北飞的时候到鸿雁南归的空中
总把目光引向高空又把思绪引到凤凰
或将梦想拉回金色的童年
或把记忆引向午后的树荫
要是见到凤凰的飞翔
或是听到凤凰的歌唱
哪怕是它的一根羽毛

哪怕是它的一声鸣唱
瑞雪消融冬去春来
南归的鸿雁尽往北飞
又勾起了他对凤凰的憧憬
据说凤凰嘴含着幸福的希望
可谁聆听过凤凰的歌声
据说它的翅膀载着理想和光明
可谁见过它鸟王翱翔的队形

凤 凰 阁

欲引鸟中王却建凤凰阁
百年大计已定能工巧匠皆动
备沙的和泥的手忙脚乱

运木材搬石料络绎不绝
平地基打基础山摇地动
立玉柱架金梁有条不紊
垂直器水平仪一一校正
脚手架搭云梯直上九霄
调度员吹号声一锤定音
土堆顶鱼咬梁节节上升
坐镇的领导者指挥若定
琉璃瓦彩瓷砖闪闪发光
飞檐龙斗兽角栩栩如生
不曾有停工待料何曾见耍奸溜猾
到处是忙忙匆匆
眼见得日日推进月月高升
雕龙的柱子画凤的椽五彩缤纷
又配顺风耳再安千里眼恍恍乎若空中楼阁
不消数月眨眼工夫拔地而起凤凰阁
观者如潮无不啧啧称赞
真正是能工巧匠特别是独出心裁
巧夺天工造就了世间灵物
专等丹穴山凤凰来临

丹 穴 山

巍峨的丹穴山上的凤凰
浴火之后羽毛更加鲜艳夺目
声音尤其悦耳中听
凤凰火精五百年不死
大凤凰生凤凰子
子凤凰又生凤凰孙

子子孙孙无穷无尽

兴旺热闹结队成群

熙熙攘攘似乎拥挤

群凤鸣唱声震寰宇

忽有一只调皮小凤凰唱鸣

月月同调鸣唱年年在此飞翔

不知远处世界若何我等何不飞将出去

寻个新的去处游游玩玩乐乐

一来赏赏别处风光二来亮亮我们的金嗓子

凤凰正在欢歌鸣唱

天外传来仙乐煞是别有韵味

恰在此时此刻仙乐者亦到丹穴山麓

仙人秉明来意欲引凤招凰

迟来不如早到早到何似恰好

众凤凰之议论仙乐的飘临

仙人的赶到正巧妙

一唱众和一拍即应

翠羽的翅膀啪啪作响

细细的长脚蹦蹦欢跳

便有十几只凤凰自告奋勇

欲去僻壤新宇展风采试高低

长凤凰略思片刻欣然应允

幼凤凰蠢蠢欲动就要飞行

引　凤

顺着仙乐声的来路乘着东风驾着彩云

俯瞰洒满金光的大地静听悠悠仙乐的笛声

一会儿绕圈盘旋一阵儿低飞高翔

不知度过了多少个黑夜白天

哪晓得飞越了几千几万路程

但见一条条江河抛在身后

穿过了平原块块山梁道道

一个春光明媚的上午

飞到一个依山傍水河滩的上空

只见树木郁郁葱葱碧草茵茵

间或亭台楼阁阵阵花香鸟语

蓦地来到大河拐弯处

高山河滩一带两条河水流过

山水滩俱全梧桐林凤凰阁皆有

忽高忽低几经盘旋

绕树三匝徐徐而降

在一棵枝繁叶茂又高又大的梧桐树上

朝　凤

虽不及丹穴六山巍巍险峻

梧桐林凤凰阁亦称心如意

一群丽鸟从天而降引众多男女惊奇注目

大小高低快慢飞来飞去似穿梭织布

忽高忽低翅膀扇个不停拍拍有声

赤橙黄绿青蓝紫分外鲜明

太阳之下闪闪发光格外夺目

与凡鸟的黑白灰银大不相同

声声响亮音音清脆

似是二重唱前一声后一声

又像是高低音合唱

男女一高一低一唱一和
真个佳音不同凡响
响彻林木传向四面八方
群鸟应声
麻雀叽叽喳喳像吵架似争食
凤凰之鸣像敲金钟好似击玉器
鸣唱响彻亭阁林木
妙音振动观者耳膜
个个仰头向上伸长脖子
人人睁大眼睛看个不够
有的竖着耳朵仔细欣赏
有的静静品分辨高低快慢
天色渐晚方才鸟归巢人回家
晚饭时仍在议论百鸟朝凤
天天这样该是多好
开了眼界茅塞顿开
这便是栽下梧桐树
引来金凤凰
一声女高音发出生态平衡人寿年丰
同住一个地球大家都是邻居
处处鸟语花香人人欢欢喜喜
老者听在耳中笑在脸上

丛 中 笑

芳草园中花争芳鲜花丛中俩人老
花色洁白好似雪白发色纯赛过霜
似雪如霜齐斗艳共同来把春色添

庆祝国庆的晚会上演出亮相
她唱的是在北京的金山上你演的是黄河大合唱
一曲十送红军掌声不息一首歌唱祖国余音绕梁
左右上下欢声雷动列席老公趾高气扬

拄着拐杖在草坪上转眯着眼睛将月季花欣赏
双目注视随风摇曳的竹子
嘴里数着道旁的一棵棵花树
且将上架的葡萄参观又该去凤凰阁里歇息乘凉
西逛东游目不暇接合不拢嘴笑开了颜

一套套公寓几净窗明一对对贤俊住进新房
双喜红字贴遍门上科教兴国大有喜望
摸摸这边看看那边白发老翁格外喜欢

种桃李山河大地披锦绣
夯基础中华复兴有希望
一一映在老翁的眼里
一缕缕乐意显在他面庞
天是那样的阳光灿烂
地是多么的碧绿温馨
似天天过着充满甜蜜的日子
处处都充满着欢乐和欣慰
碰见的每个人都善心好意
遇到的每件事皆合适妥帖
也许是他尝到了劳动成果的甜美
或者是沉浸在理想和服务的事业之中

曹瞎弦^注

铮铮三弦子，悠悠悲喜情。
夫婿眼失明，妻伴跛腿疼；
取长补其短，两人当一人；
伤残结伴侣，命运相与共。
堂堂两个人，共握一根棍；
妻子前引路，丈夫随后跟；
遇着障碍物，搀扶越过行。

卖艺果饥腹，野庙共藏身；
天寒地冻时，相互暖其身。
偶然生口舌，各自单独行；
丈夫难认路，妻子路难行；
互相认个错，感情且沟通。
晓谕利与害，孤单活不成。
都是苦黄瓜，连着一根藤；
孤掌拍不响，单弦难弹音。
你眼来识路，我腿将你撑；
艰难度日月，共同来活人；
有饭同来吃，遇难共抗争；
都是不幸人，何必再折腾。

注：瞎弦是民间对盲人艺人的俗称。

弹唱男为主，配器女的任；
两人奏一曲，主辅和一声；
《相孝》^注一开唱，两个一起动；
曲曲皆精彩，声声俱含情：
两手徐徐弹，三弦上下晃；
声调抑或扬，头颅随声摇；
时而高高抬，时而甩的欢；
由此得诨名，人称曹甩头。
妻子敲边鼓，不时哼哈声；
夫唱妇人和，曲调有风韵。
虽然混饭吃，乡亲皆称颂；
雁过传其声，人活留其名；
纵然残疾人，远近人人闻。

长的唱整本，短的说小品；
你点我来唱，你响我来应。
依情发其声，依曲弹其弦；
尾尾道其词，激越扬其情：
或溪水淙淙，或雷声隆隆；
又狂风暴雨，又裂石断金；
微声细气诉，斥责加吼声；
一声激越腔，划破夜长空；
一部凄苦曲，传遍户户人！
悲欢离合事，闻者共酸辛；
嬉笑怒骂声，观者皆议论。
悲者长叹息，喜者哈哈声；

注：《相孝》为民歌的一种，流行于西北部分地区。

恨得咬牙齿，爱表切切情；
黄莺声清脆，怎表人悲喜；
杜鹃能啼血，何达生死情！

大戏固然好，何能家中演；
名家是不错，百姓难自赏；
瞎弦固俗气，适应老百姓；
言世间人事，诉百姓悲喜。
可长亦可短，随季节闲忙；
趣味有不同，参差巧安排。
或征战胜败，或兴衰际遇；
又男女情爱，又悲欢离合；
颂英雄豪杰，赞大贤大德；
骂奸臣小人，贬不孝不敬；
或天下大事，或闺阁闲情；
借古又讽今，晓谕社会风；
规劝众子民，或抑恶扬善。
吃千家饭菜，尝人间甘苦；
穿百家衣裳，观世上颜色；
盲人呀盲人，天给你不幸；
瞎弦啊瞎弦，人间的善人！

劳　模

农家子弟名国泰，不称大名唤劳模。
劳动致富有主意，首先搞起互助组。
接着又搞合作社，社会主义带过路；
彭总与其碰过杯，锦旗奖状挂满壁；
给官不做当百姓，毕生爱好是种地。
风风雨雨皆经历，上上下下不在乎；
恩恩怨怨不去想，为国为民志不移。
春秋八十何曾闲，育苗种树富乡里。

模　特

孔雀开屏风韵露，回眸一笑台下视；
一条线上踩双脚，仙乐飘飘展风姿。
欲进欲退恰其妙，婆娑多姿特妖娆；
赤橙黄绿青蓝紫，春夏秋冬领风骚。

华　诞[注]

党代会上喜相聚，贤哲仁人议大计。
恰值院士华诞日，同伴提议宴个会；
筹措张罗尚未毕，消息不胫传出去；
省委书记来祝贺，大家纷纷把杯举；
科技兴省乃战略，进取开拓创新绩。

选　秀

质似美玉晶莹剔透，形如兰桂竟风扬韵；
喉管像笛声传千里，韵味处处沁馨人心。
别如藕丝缕缕牵连，众口似碑啧啧称颂；
天公造化这般灵秀，却给人间增光添彩。

注：省第九次党代会于1998年12月26日在宁卧庄宾馆进行，议论科技兴省大计，正巧又是会议代表，中国科学院院士薛群基50岁生日，会议议题与院士身份，生日与党代会召开巧合在一起，故举办了别有意义的生日宴，既宴华诞，又祝愿院士再创科技兴省佳绩。

热 心 人

耿耿是个热心人，精力旺盛心意诚；
更加脑瓜活且灵，办法点子用不尽。
学问恰似活字典，庶务样样皆精通。
五尺讲台勤耕耘，学生个个都爱听；
家长疑难也找他，又是家长贴心人。
单身男女婚事急，他把月下老人任；
若是遇上断弦者，帮助续弦重奏音。
学子升学心无谱，又辅导来又参谋；
个个成绩考得好，一一升上好学校。
邻里同事生纠葛，既讲道理又说情；
矛盾双方皆诚服，息事宁人结友谊。
同志生病急帮忙，联系医院看护勤。
事见不公站出来，只分是非不认人；
路见不平挺身出，两肋插刀不怯阵。
同学同事勤联络，又关心来又沟通；
像是大使无任所，似是部长没职务。
如果人人都这样，家家户户皆安宁；
若是公仆都如此，长治久安江山稳。

佳 人 泪

黄河岸边一佳人，天地灵气集一身；
父母恩爱结为晶，万般造化成精灵。
身腰窈窕一米七，不胖不瘦恰适中；
似雪肌肤如贵妃，乌发一匹黑又明；
顾旁神飞一双眼，一对酒窝动人心；
婀娜多姿诸般好，气质非凡仙人身；
一举一动皆风韵，一言一行竞风流；
天生一具美人胚，装点打扮花添景。
最是那眼金嗓子，一腔歌喉震寰宇；
再看翩翩飒爽姿，倾倒无数好舞人。
还有那个学问好，大学语文才出众；
篇篇佳作报端见，文如其人人似文。
人才出众个个妒，树大招风人人追；
小子见面看不足，成人观后亦动心。
光临之处不平静，到来时刻惊众人；
众多后生随其行，望洋兴叹终泡影。

有幸嫁个好夫君，天生一对堪般配；
生得千金叫晶晶，人见人爱掌上捧。
事业兴旺日中天，美满家庭可称心。
未料天公不作美，不治之症降其身；
求医问药寻个遍，回天无力难医病；
如花似玉美人形，而今消得人憔悴；

怎奈人世日月短，病痛熬煎伤其身！
生死临界情难舍，思绪万千如泉涌：
生我养我一场苦，未报父母命将终；
国家培养刚成才，未及报效眼怎闭！
苍天造化丽人身，无情无常欲夺命；
亲生小女未成人，撒寰人间心何忍？
天公怎个不作美，此情此恨怎个息；
料到人世已不久，无奈后事终得理；
痴心丈夫难割舍，心头肉儿怎相托！

捧珠之人将辞世，珍珠行将满地滚；
忽然想到亲妹妹，代我托女最合适；
患病住院妹来伴，说来已有半年余；
看来是个好主张，先向妹妹探一探。
姐的病情你知道，放心不下是晶晶；
托给别人要受罪，托给妹妹最放心；
远走高飞终难托，嫁给我婿成不成？
我命至此行将绝，姐妹一场情意深；
希望妹妹能答应，我好闭眼黄泉行；
你若有情我放心，你如有意我来表；
满眼垂泪声哽咽，点头颔首算是心，
唤来夫婿听我言，晶晶如今怎么办；
别人带她眼难闭，妹妹带她我心愿。
妹妹是个好姑娘，人才品行与我同；
你若有意我来说，代我托女两全美；
夫妻一场情难绝，希望夫婿答应我。
若是此事有个谱，此赴黄泉眼能闭！
看着妹妹像姐姐，观看人品不用说；
万千话儿难言表，点头握手把意决。

两个都有好印象，叫在一起把话讲；
夫妻一场情意深，姐妹一场心意通；
我今命运多舛误，步步逼近黄泉路；
你们如果待我好，就把真心向我表；
我将晶晶托你俩，心甘意安眼能闭！
鸟之将亡其声悲，人之将走其言善；
我之将走无他求，只求你俩育晶晶；
战战兢兢铺开纸，哆哆嗦嗦提起笔；
滴滴泪水洒上边，缕缕情丝落纸上；
托女之嘱留几言，祝愿话儿遗一张。

为了了却前生愿，为了消除生者悲；
乘人不在挣扎起，后事一一提前理：
诗稿文章一火焚，婚照影集入火炉；
化妆镜子摔粉碎，心爱之物统统甩；
抹去自个诸般痕，好让生者重新过。
一片美意心良苦，绵绵情意俱剪断；
夫婿恩爱有人继，可怜幼女妹来养；
苍天无情夺我命，未了之事寄托毕；
短短人生从此了，来去匆匆走一遭。
轰的一声人不省，视死如归赴黄泉。
片片纸钱灰飞灭，阵阵哀乐顺风飘；
美人在世实短暂，永恒之美留人间；
人走形去四大空，美名品德人人颂。

三 娘 哭 坟

三娘三十正当年，丈夫暴病一命亡；
清明时节草返青，面对孤坟哭一场。
儿子女儿皆幼小，孤儿寡母如何熬；
耕作灌溉男人事，妇道人家怎会操。
小儿呼爸哭声咽，幼女哭爹泪涟涟；
焚香纸火泪浇灭，凄凄倾诉悲情长；
妯娌奉劝劝不住，侄女搀扶拉不起。

七月十五又上坟，泪水滂沱洒坟前。
春种夏管与秋收，从来都是你操作；
如今你走田中空，里里外外我一人；
操持家务本我事，家中田里两头跑；
孤苦伶仃可靠谁，疲于奔命力竭尽。
求哥求嫂来帮忙，春夏秋冬日月长；
一次两次情可原，哥哥不说嫂白眼；
此情此景唯我知，你在黄泉可晓得？

八月十五月儿圆，酸水苦液难吞咽；
你在何曾生口舌，寡妇门前是非多。
求人帮忙本自然，人来人往少不得；
人多口杂咬舌根，一腔苦衷向谁诉。
有心前走找新家，小儿幼女向谁托？
更有习俗紧箍咒，似是无理人人循。
好马不会备双鞍，好女不嫁两个男；

抚儿育女守寡人，苦撑硬熬度光阴。

好不容易到年关，烧纸来到你坟上；
酸甜苦辣有谁知，只得向你哭一场。
腊月三十过大年，家家热闹户户欢；
张灯结彩鞭炮响，又敬老人又烧香。
过年本是喜庆事，是喜是悲口难言；
我家怎能与人比，无夫无爹怎过年。
饭桌上首少个人，无人买炮无人放；
往年压岁你给钱，今年谁给压岁钱。

严冬黑夜长又长，辗转反侧难成眠。
夜夜看天天不亮，数着星星望月亮；
忽然魂魄入梦来，你我相会情意长。
有说有笑又耍闹，无限欢愉不间断。
高兴亢奋催人醒，醒后原来一场梦；
后悔不该做这梦，既然做梦何必醒。
梦去人醒空欢喜，空房长夜两茫然；
白日想来夜里梦，醒醒梦梦难分辨。

度春过夏人忙碌，秋收冬藏又一年；
年年难过年年过，岁岁苦熬岁岁熬。
儿子长大女成人，婚姻大事难煞人；
要是你在你操心，奈何妇人咋个整？
女儿出嫁倒容易，男女愿意便成亲；
嫁女送亲出了门，了却一番母女情。
最难儿子娶媳妇，个个都嫌咱家穷；
寡母孤儿过日月，哪有富裕和殷实。
定亲彩礼不能少，新房摆设何能缺；

穿戴装饰随潮流，囊中羞涩怎筹措。

如何能与旁人比，求亲靠友暂挪借。
家家都有难念经，勉勉强强就了绪；
眼看儿媳要进门，谁料无风波浪起；
结婚成亲当然行，只是不要老妇人；
要娶我到你家门，老妇得寻别人家。

又是一个清明节，再来坟前对你说：
孤苦伶仃守空门，一心只为儿女们；
苦熬硬撑拉扯大，岂知娶妻嫌老人；
儿女都是父母生，没有父母怎出生。
天下哪有这个理，地上竟有这种人！
为了了却儿婚事，再苦再累都愿受；
要我前往别处去，眼前道路无经纬。
年轻守寡为儿女，儿大娶妻不要娘；
年富力强未嫁人，人老珠黄怎出门。
若是你在靠着你，如今我能把谁依；
满腔苦水何处倒，一片心酸有谁知。
老天有眼评评理，大地有路开开门；
活路难走走死路，黄泉与你相偎依；
只是苦情难倾诉，为人到底意难平。

人人都是爹妈生，个个皆是父母养；
今日虽是人子女，将来须做父母亲。
孝顺父母乃天理，赡养老人是榜样；
你若孝顺儿孝顺，你若弃娘儿弃娘；
好榜样有好儿郎，坏榜样有坏新娘。
我的今日你明日，扪心自问想清楚；
做了新娘弃老娘，天理人伦不好讲。

天 地 人

玉皇撒了一把盐，
天上地下皆如霜。

东风送暖宇宙间，
纷纷柳絮天女扬。

光染彩云布于天，
日照江水绿为蓝。

悠闲的月亮在水中晃荡，
天上的云彩于水中飞扬。

云卷云舒顺气流动，
地上镜子因风起波。

天与地孕育万物，
天地人原来一体。

风和日丽紫气东来，
人间世界邻里祥和。

碧落黄泉皆是仙境，
上天入地何似人间。

中 国 结

左一根彩带，右一根绸绳，
朝着一个心，顺着一个向；
结成彩蝴蝶，落在耳鬓旁，
恰似彩云堆，满头增光辉。

这一根红绳，那一根红绳，
你拉我的手，我挽你的臂；
绾成同心结，成为好伉俪，
相伴到头白，永远不分离。

北面一条河，南面一条江，
尾摆在昆仑，头朝着太阳；
脉系全中华，情系炎黄孙，
同舟相共济，命运息息牵。

五十六朵花，开在一棵树，
蒂蒂紧相连，脉脉皆互通；
你离不开我，我少不了你，
护树又护根，朵朵更繁荣。

断奶赞

计划经济大锅饭，吃喝拉撒公家担。
干多干少一个样，干好干坏难分辩。
坐吃山空皆受穷，背不起来养不成。
母老乳尽难再养，长大成人何再吃。
砸破大锅立小灶，效益利益连一体。
干好干坏不一样，贡献大小区别之。
按劳取酬领工资，量其贡献定待遇。
婴儿已经长成人，大家生计众人负。
七十二行有人干，服务周到商品足。
商机无限在人觅，遍地黄金人可取。
君子爱财取有道，勤劳致富便是路。
国民经济大发展，居民生活渐渐富。

坦 荡

无事不可对人言，脊梁何惧他人指。
言行表里一个调，皮似金玉瓤鲜甜。
文如其人风气清，字似其格章法劲。
正面相视脸不红，两袖清风没微尘。
身正何怕影子斜，正大光明似铜镜。
心地坦荡照日月，顶天立地是个人。

答 诗[注]

平常时节难见面，委员会上喜相迎。
未料云游天涯去，马年盛会未逢君。
天南海北隔万里，行无踪来去无影。
忽然飞来一片雪，妙语佳句寄深情。

附原诗

岭南之冬不见冬，柳丝依旧舞轻风。
水面涟漪蜻蜓点，花蕊芳贞蛱蝶恭。
青藤蔓延千岩绿，紫荆英发万壑红。
我傍鱼女学消费，透支来生一段春。

杨应祥
2002年新春

注：老友杨应祥，每年于政协全委会相逢。2002年新春盛会未遇，却寄来七律一首。读诗若见人，甚有感慨，诌诗以答，略表薄意。

骨 气

软硬香臭不吃，不卑不亢主义。
金银面前无欲，石榴裙子不顾。
贫贱之交牢记，切磋功夫执着。
权大亦不害怕，势重无所畏惧。
名气不用人扬，利欲岂动我意。
爹妈生就骨头，实践练就脾气。
须发面貌皆改，只是禀性难移。

人 气

冲锋陷阵多危机，夺取胜利靠士气。
排球篮球全靠气，泄气球体弹不起。
大车小车跑得快，爆了轮胎难行路。
进了一球别骄傲，失了一球别泄气。
改革开放好形势，亿万神州多帅气。
经济建设好福气，社会安定祥和气。
精神文明好风气，江山一派新鲜气。
民族复兴有时日，清正廉明好人气。

诚 信

碧草细且小，一岁一枯荣；
百花知时节，开谢随节令。

小小那树叶，春发秋归根；
竹子诚守信，一年亮一节。

雄鸡司时辰，啼鸣何其准；
候鸟年年来，何曾失过信。

说谎狼来了，终究失羊群；
引得褒姒笑，丢了王座尊。

货真价又实，何必扯嗓门；
佳酿和美酒，何怕巷子深。

以次充作好，好亦疑为坏；
以假当作真，真也当成假。

以诚信为本，本失利何来；
言而不可信，信何复再来。

人以信为立，言以行者实；
欲要信得过，言行须一致。

退休的日子

活动日有感

平常时节难见面，活动日上喜相逢；
四菜一汤为加油，建言献策特认真。

退 休

告老未还乡，解甲不归田；
同志情谊深，人走茶不凉。

歇 肩

船靠码头车到站，长江后浪推前浪；
年过花甲该歇肩，四化重担有人扛。
我放挑子你来担，新老交替任自然；
生旦净丑轮着演，一代应比一代强。

卸 任

秋风徐徐拂人面，寒意频频袭我身；
菊花朝我频点头，树木向我连招手。
轿车哧哧频排气，房舍似向我示意；
职工们投来目光，同伴们向吾安慰。
那里我有过辛劳，这里我洒过汗水；
纵然人走物仍在，我总是问心无愧。

夕 阳

夕阳无限好,只是近黄昏;
黄昏也有美,不必太伤神。

夕阳苦其短,珍惜最要紧;
黄泉路上人,相爱无穷期。

夕阳好比酒,越陈越清纯;
不必醉且酗,却要仔细品。

株株傲霜枝,面临雪纷纷;
争芳斗艳难,但要显精神。
夕阳心最真,不杂势与形;
相伴又相依,方显一世情。

笔　耕

之一

我已到夕阳黄昏兮，
更又兼云遮雾障。
向前展望兮似漆如墨，
转首回顾兮感慨万端；
情切切兮难了，
意绵绵兮何断。

不大不小的房舍兮，
乃我欲度晚年的空间。
书刊报纸兮是我的侣伴，
抄抄写写兮乃我的生活。
透过玻璃俯瞰窗下兮，
缕缕思绪兮若飞若扬——
一条条大路兮伸向东西南北，
车水马龙兮络绎不绝。
拆平房盖楼房兮开拓发展，
时过境迁兮推动历史进步。
草荣草枯花开花谢兮，
联想到人是物非生离死别。
冷暖炎凉兮循环往复，
春夏秋冬兮交替不断，
送走了我的青春浪漫兮，
迎来了慨叹的壮年老年。

之二

酷暑闷热兮难以入睡,
辗转反侧兮思绪缠绵。
严冬的长夜兮何能安眠不醒,
头一挨枕头兮便浮想联翩。
人生之路兮绕了一圈,
风雨坎坷兮走了一场。
往事如烟兮若隐若现,
记忆像丝线兮一圈一圈绕成一团。
有话不说兮憋得胸胀,
欲要说时兮又找不着地方,
听者解者兮未遇未见,
想来想去兮笔耕恰当;
好了却兮那缠绵的情缘,
也为了咽气兮好把眼睛闭上。

之三

欲再现生活兮才薄识浅,
想描绘人生兮谈何容易。
企图吟诵往事兮缺乏辞章,
意欲歌唱兮声带不亮,
欲要潇洒帅气兮何婀娜多姿,
想状物叙事抒情兮更不擅长,
满腔的激情兮怎个宣泄,
一肚子长话兮从何说起,
一团乱麻兮理不出头绪,
茶壶里煮饺子兮有口难出;

开宗明义兮要写什么,
框架结构兮怎个摆放,
表达方式兮何者为宜,
小说不会兮散文不方便,
搜肚寻肠兮找不着词句,
冥思苦想兮缺少良计。

之四

从何写起兮无处下手,
如何安排兮经纬难辨;
欲下笔兮似漏勺一个,
写成什么兮粥饭一锅。
回首来路兮缺闪光的宝物,
左顾右盼兮尽是草木土石;
仅将青青的花瓣兮一一捡起,
再把黄叶的标本兮张张翻出。
颤巍巍的手兮双双伸出,
用一根青色的线兮将它二一穿住;
眼观兮不似念珠,
掂量兮亦不像项链珍珠。
要写个啥兮哪有主意,
能写成什么兮心中无谱,
情急生智兮显一丝亮光,
怎样想兮就怎样写上。
学蚕儿吐丝兮徐徐地抽,
仿蜘蛛织网兮一张张。
情儿兮尽心地吐诉,
缘儿兮尽情地排遣;

吐出一箩筐兮又一堆，
排出一簸箕兮又一篮；
端出筛子兮筛几遍，
拿出梳子兮理一番；
筛出粗糠兮剩米谷，
剔出糟粕兮留珠玑；
抛出泪珠儿兮将其晒干，
洒下血滴兮印在纸上。
夜里想呀白天写，
日日吐兮月月诉；
上月写兮下月抄，
季季煎兮年年熬；
一摞一摞兮又一摞，
一篇一篇兮又一篇。
送走去年迎今年，
残年余力兮盼明年。
吐丝不停兮作茧自缚，
织网不成兮白费功夫。

之五

好不容易兮开了头，
进行一段兮荆棘丛生。
中断一阵兮重新提笔，
断断续续兮缠缠绵绵。
翻开草稿兮眉头紧皱，
参差不齐兮优劣互见。
若要搁下兮又觉遗憾，
有心续写兮山高路远。